教え子とキスをする。
バレたら終わる。
JN075825
3
著 扇風気 周
絵 こむぴ
Mawaru Senpuki
& Komupi presents.

「寒くないか？」

Gin Hashima
羽島 銀

Touka Kirihara
桐原灯佳

修学旅行、二人で過ごす夜――
In the Secret Night――

「うん……風はつめたいけど、
銀がいるから、あったかい」

# Contents



Oshiego to kiss wo suru
Baretara owaru.

Presented by
Mawaru Senpuki
& Komupi

# 教え子とキスをする。

## バレたら終わる。

3

著　扇風気　周
絵　こむぴ

Mawaru Senpuki
& Komupi presents.

# 1．桐原灯佳・最近驚いたこと：大人の女性との生活

人間、二十年も生きていれば大なり小なり、何かしらプレッシャーの掛かる場面というのは経験していると思う。

小さいころから習い事をしているなら、ピアノの発表会があったかもしれない。

スポーツをがんばっていたら、大事な試合があったかもしれない。

俺――羽島銀の場合は、就職試験の最終面接が過去イチの経験だった。

そして今日、その瞬間を更新した。

いったい、何が起こっているのか。

場所は、教え子の桐原灯佳が一人暮らしをしているマンションの一室。その部屋の中に、俺の元カノ、高神柚香がいる。

ユズと俺は食卓についていて、桐原はお茶を淹れている。

棚の一番上から出していたので、一番イイやつだ。

桐原なりに、ユズを立てて気を遣ってくれているのだろう。

ユズは、それとなく部屋の中を確認していた。――かと思えば、テーブルの上に置いていたショルダーバッグからスマホを取り出し、たぷたぷたぷたぷ、と手早く文字を打ち込んでいく。

誰に連絡しているんだ？　と不思議に思っていると、ポケットの中でスマホが震えた。

『あの子、高校生よね？　一人暮らしなの？　家具とか見た感じ、親の気配がないけど……ひょっとして、ワケあり？』

心配そうに見つめてくるユズに、こくりと頷く。

『ふぅん、そっか』

ユズはスマホを片付けて、桐原の背中に視線を送る。

振り返った桐原は、お盆に湯気の立つカップを三つ載せて戻ってきた。

「どうぞ」

「ありがとう。いただきます」

お互いに無表情だが、言葉は丁寧だ。

でも、俺の背中には嫌な汗が流れている。

先日、ユズに桐原との関係がバレたときもハラハラしたけど、今日もなかなかきつい。

嵐の前の静けさ。ガンマンが手を腰の銃に掛けた状態で、睨み合っている状態。

そんな状況だ。

「銀。お茶、一応淹れたけど、飲み終わったら早めに帰った方がいいよ」

桐原の言葉に対して、え、と間抜けな声が出る。

「明日も仕事で早いでしょ」

「いや、でも……」

「大丈夫。二人きりになっても、喧嘩なんかしないから」

桐原は断言しているが、俺は返答に困る。ユズはこの間、俺と桐原の秘密の関係をバラすと迫ってきて、対決した人物だ。俺の説得で納得して引き下がってくれたけど、あの修羅場の空気を考えると、二人きりにするのは正直、怖い。

この二人は、本来なら、出会うはずではなかった二人なんだ。

……それを言うなら、俺と桐原も、俺とユズも、一緒か。

俺は高校の教師で、桐原は学校の教え子だ。

出会いはネットゲームで、出会った当時は俺もまだ大学生だったけど、教師として高校に赴任したあと、桐原は俺の弱みを握って、脅迫される形で秘密の関係が始まった。

俺たちは校内で何度も、見られたら人生が終わるようなことを繰り返して、一度は、俺の先輩にバレて、大変だった。

でも、その危機と別離のおかげで、俺は桐原との関係を、本気で考えるようになった。

そんなときにやってきたのが、大学時代の俺の元カノ、ユズだった。

ユズは結婚を前提に同棲していた元カレと別れたせいで、職と家を失い、俺を頼ってきた。

それだけでなく、ユズは俺に復縁を迫り、プロポーズまでしてくれた。

俺も、ユズのことは嫌っていないけど、今の俺には桐原がいる。

……『彼女がいる』と伝えて、ユズとの仲は清算したつもりだった。

でも、ユズは諦めず、俺が教え子と、桐原と付き合っていることを調べて、俺たちを脅した。

それが、先日の修羅場の全容だ。

結局、俺が桐原に対して本気なこと、仮に全部暴露されても、俺はユズのモノにはならない、とわかってユズは身を引いてくれた。

……はずだったのに、ユズはまた俺の前に現れ、「住む場所がないので助けてください」と懇願してきた。桐原が「うちになら、置いてもいい」と提案してくれて、これから話し合いの場、というのが今の状況だ。

俺は教師だから、本来ならプライベートの時間に、桐原の家に上がり込んでいるのはおかしい。俺とユズは別れて、おまけに復縁もプロポーズも断ったんだから、やっぱり一緒にいるのはおかしい。

そして、桐原とユズは、俺を巡る恋敵の間柄だ。そんな二人が顔を突き合わせているのも、それどころか、一緒に住もうかという話になっているのは、極限に奇妙だ。

……あらためて思うけど、そんな二人を置いて、外に出て行けるか？

ウンウン悩んでいる俺に対して、ユズは怪訝な顔を見せる。

「銀、考え込んじゃってるけど、そのリアクションはどういうこと？　まさかとは思うけど、あたしが桐原ちゃんにひどいことするんじゃないか、って心配してたり？　……なぁんてね！　そんなことあるわけ――」

「…………」

「うっそ⁉　待って待って待って！　あたしってば、そんなに信用ない感じ⁉」

「いや、まぁ……喧嘩はしないと思うし、警察沙汰にもならないだろうが――話がこじれる可能性はあるかもな、とは」

「だ、だよね～。いやぁ良かった良かった。安心安心」

「でも、信用って話になると、ユズを信頼している部分ってあんまりないぞ」

「なんでーっ⁉」

そういうところだぞ、と思ったが、話が大幅に逸れそうだったので、ひとまず黙る。

すると、桐原が助け船を出してくれた。

「銀は、柚香さんが私の家に住む話が、前向きに進むか心配してるんだよね？」

「……そう、だな」

ユズが話を呑まなかったから、きっと頼る相手は俺しかいない。泣きついてくるだろう。

だが、桐原の心情を考えると、俺もユズには手を差し伸べられない。

そうなると、結局、また三人で話し合うことになりそうだ。

――となれば、ユズは普通、桐原の提案を断らない。でも、普通じゃないのがユズだ。

そもそも、普通だったら、あの修羅場のあとに戻ってこない。

話がこじれる可能性は十分にある。そうなると、どう転んでも頭の痛い展開にしかならない。

不安だ……。

「安心して。ちゃんと、私から話すから。きっと、柚香さんはわかってくれるよ」

「……自信の根拠は？」

「女の勘」

力強い返答に反して、俺はまた困り果てた。だが……信じてみるか？

「……わかった。お茶を飲んだら、俺は家に戻るよ。桐原の勘は、よく当たるからな」

「うん。ありがとう」

桐原は嬉しそうに微笑む。ユズは、むむぅっ、と眉をひそめて唸った。

「なんだよ、ユズ」

「べっつにぃー。……あ、このお茶、おいしいね。紅茶？」

「そうです。私、紅茶党で」

「へぇっ。若いのにイイ趣味してるのねぇ」

桐原とユズは、他愛のない雑談を繰り返す。

……二人とも、俺を心配させたくなくて、気を遣っているのかもしれない。

お茶を飲み終わったあと、俺は桐原を信じて帰路につく。

「ちゃんと帰ってね」

「変なのに絡まれるんじゃないわよ～」

見送られながら、外に出た。

十一月初旬、秋の深夜だ。外はすっかり冷え切っているが、空は晴れ渡っていて、星と月がよく見えた。

ポケットに手を突っ込んだ状態で歩きながら、話し合いがうまくいくことを願い続ける。

＊＊＊

私、桐原灯佳は玄関で柚香さんと一緒に銀を見送る。

その後、私たちはあらためて顔を見合わせた。

「……それじゃあ」

「うん」

多くを語らず、私たちはテーブルについて向かい合う。

一対一の、第二ラウンド——ここからが、本番だ。

先に口を開いたのは柚香さんだった。

「まずは、ありがとう。この間、大騒ぎしたばかりなのに——お茶までごちそうになって」

「気にしないでください。私がやりたくてやったことですから。銀に頼まれたから、とかではないんですよ」

学校で鍛え続けてきた優等生モードで語り掛けると、うーん、と柚香さんは小首を傾げた。

「あ、ごめん。いや、すごく、ありがたいんだよ。銀から少し聞いたんだけど、あたしを家に置いてもいい、って言ってくれてるんでしょ？」

「はい、そうです。このマンションは、私が一人暮らしをするために父が借りています。でも、誰も使っていない部屋があるんです。使わないのも勿体ないですし、仕事が見つかるまでの間、柚香さんに使っていただいて構いません」

「……そっか。正直、すごーく助かる。でも、同時に、こうも思う。どうして、そんな提案が桐原ちゃんから出てくるの？　あたし、もうずいぶん前に別れたし、この間もフラれちゃったけど、銀の元カノなんてさ、あなたからしたら一番ウザいじゃん。なのに、なんで？」

「いや、そんな、ウザいとか別に、思ってないですよ？」

にこっと微笑みかけた。……つもりだったんだけど、

「う、うそだーっ⁉　騙されないぞーっ！　歳のわりにはうまく隠せてるけど、銀がいたときから微妙に冷たい視線が突き刺さってんだからね⁉」

ひくっ、と頰がひきつってしまった。

「あ、やっぱりそうだ！　図星でしょ！」

「……あっ、当たり前でしょーっ⁉　っていうか、隠そうとしてるのがわかってるなら、知らないフリするのが大人じゃないの⁉」

「そんなのは受付の仕事でもうお腹いっぱいなの！　うんざりしてんの！　既に退職済み！現在無職！　したがって、今は繕う理由なし！　文句あるかーっ！」

　断言された私は、さすがに開いた口が塞がらない。

　なかなか奇抜なひとだとは銀から聞いていたけど、実際に目の当たりにすると、反応に困る。

　でも――。

「……仮によ、あたしが居候の話をありがたく呑んだ場合、一緒に暮らすのよね？　知らないひとといきなり暮らすのって、どれだけ仲が良くても、ストレスが掛かるわ。……んで、あたしたちは今カノと元カノ。ただ話すだけでもややこしい。表面上だけ繕って暮らし始めても、どうせすぐに破綻するよ。そうなったら結局、銀にまた迷惑が掛かりそう」

　私は、違う意味で黙ることになった。

「桐原ちゃんがあたしをどういうふうに思っているか知らないけど、一応、これでもあなたより大人なの。……隠し事はしないで、本音を話してください。お願いできますか？」

　まっすぐ、目を逸らさずに言われた。

　私も見つめ返しながら、真面目に頷いた。

「わかりました。……ごめんなさい」

「こちらこそ。話を逸らして、ごめん」

「いえ。大事なことでした」

本題から外れてしまったけど、柚香さんが質問してきたのは当然だ。

でも、だからこそ準備ができる。

あたしは、事前に用意していた答えを、何度もこうして話すことを想像して考え抜いてきた言葉を、そのまま柚香さんにぶつける。

「柚香さんの言う通りです。普通だったら、銀と付き合っていたひとにルームシェアの提案なんて、絶対にしないです。でも……私たちは、普通ではないから……本音を言うと、一緒に暮らしたいと思ったのは柚香さんのためではないんです。銀のためなんです」

うん？　と柚香さんがまた小さく首を傾げる。

「さっき、空いている部屋を自由に使ってください、と言いました。でも、そのために条件がひとつあります。柚香さんにお願いがあるんです」

……今から言うことは、柚香さんに対して、とても失礼だ。

ひとによっては、バカにしているのか、ってキレる可能性もある。

だけど、柚香さんなら——このひとなら、そうはならない、って信じてる。

「もしも、私と銀の関係がみんなにバレてしまったら——そのときは、柚香さんに銀を守ってもらいたいんです。銀を、幸せにしてほしいんです」

柚香さんの表情が、少し険しくなった。

「どういうこと？」と説明を求められる。

呼吸をひとつ挟んでから、私は告げた。

「私、銀がとても好きです。……大好きなんです」

瞬間、胸がキュッと締めつけられた。

そういえば、誰かに銀への想いを打ち明けられたのは初めてだった。

苦しい胸を片手で押さえながら、どうにか続ける。

「私たちの関係が始まったきっかけは、私のわがままでした。教師として距離を置こうとした銀を、無理やり縛り付けたんです。でも、銀は、一緒にいてくれました。そうしてもらっている間にどんどん好きになって、今は、銀以外の男のひとと一緒になるなんて、考えられません。……考えたく、ないです。だけど、私はまだ子供で、銀は、私の先生です。もしもみんなにバレたら、きっと、私たちは傷付きます。──私は、そうなっても、銀と一緒に行くつもりでした。銀に、その提案をしたこともあります。でも、銀は、違いました。柚香さんもご存じの通り、銀は、私を守るために、罪を被るつもりでいます。……それは、嫌なんです。私のせいで、あのひとの人生がめちゃくちゃになるなんて、耐えられな、っ……」

その場面を想像してしまって、思わず声が詰まった。

滲んでしまった涙をすばやく拭って、言葉を繋ぐ。

「これからは、なるべく距離を置くつもりです。でも、万が一、何かの拍子にバレてしまったら──そうなってしまったとき、柚香さんには、銀を支えてほしいんです」

「それは、あたしが銀と一緒になっていいってこと？」

「そうです。この間、ここで三人で話したときに確信しました。あなたは銀がどんなになっても、絶対に銀を見捨てない。銀が、私や自分の家族を守るためにどこかへ消えてしまっても、絶対に追いかけて、見つけ出して、銀を捕まえて、そばで生きてくれるはずです。……たとえ、自分の人生を全て投げ捨ててでも、銀のために動くはずですから」

　柚香さんは、軽く目を伏せる。

「……まぁ、そう、だね。あたしなら、そうするね。でもさ、それって、本当に本音？　桐原ちゃんだって、そうしたいんじゃないの？」

「えぇ。でも、それはきっと、実現不可能だと思います。……そうなったら、銀は私のために二度と会ってくれないから。……違いますか？」

「………うぅん。合ってるよ。銀ってば、そういうやつだからね。これは要するに、あたしを銀の保険にしたいって話ね？　バレたら人生一発アウトの恋愛をしている銀の、滑り止めになれって交渉なのね？」

「はい」

「なるほど、なるほど。……なるほど」

　柚香さんは少し固まったあと、不服そうな顔をする。

「……すっごい失礼なこと言われてる気がするんだけど～なんか～、でもぉ～……」

　歯切れ悪く言ったあと、はぁっ、と大きくため息をついた。

「困ったことにさ、桐原（きりはら）ちゃんの気持ち、わかっちゃうわ。……うん」

「じゃあ……」

「そだね。いいよ。その条件で、承知しました。しばらくの間、お世話になります」

「ありがとうございます」

「お礼を言うのは私の方なんじゃない？　ぶっちゃけた話、デメリットなしで居候（いそうろう）先を紹介（しょうかい）してもらえたようなもんだし」

　荒（あ）れることなく、話は終わった。柚香（ゆずか）さんは、ちょっと笑う。

「桐原（きりはら）ちゃんのそばにいたら、銀（ぎん）とも会ったりできるだろうしね～」

　……つまり、このひともまだ銀（ぎん）のことが好きなんだ。全然、諦（あきら）め切れていないんだ。

「あ、今ちょっとモヤっとした？」

「……ノーコメントです」

「本音で話そうって言ったでしょーっ」

「からかわないでください。そういう子供っぽいノリ、嫌（きら）いです」

「あ、今のは本音だ」

「あまりひどいと罰金（ばっきん）制にしますよ。一回からかうたび、千円」

「ひえぇぇっ⁉　またそれぇっ⁉　勘弁（かんべん）してよぉ、優（やさ）しくしてよ～……っ」

「……？」

ともあれ、話し合いは決着。

私と柚香さんの共同生活が始まった。

銀に、連絡しておかないと。

＊＊＊

電車で帰宅途中、俺――羽島銀の心中は、不安に満ち満ちていた。

桐原とユズは、穏便に、建設的な話し合いができているだろうか……そんな不安がどうしても消えない。スマホが震えた瞬間、じとり、とまた嫌な汗が流れたのをよく覚えている。

しかし、桐原の文面は穏やかなものだった。

『話し合い、終わったよ。柚香さん、私の家に住むって』

『そうか。ありがとう。揉めなかったか？』

『うん。大丈夫』

その後、ユズからも似たような報告が来た。

今日はもう遅いし、寝ることになったらしい。

ユズの寝床は、リビングのソファなのだとか。

二、三日ならそれでも構わないだろうけど、続いてしまうと厳しいはずだ。

『桐原の家にはタオルケットくらいしかないだろ。俺の部屋にある布団、今度送るから待っててくれ。なる早で手配する』

『了解～。悪いけどよろしくー』

俺の心配をよそに、ユズのテンションは明るい。

……本当に揉めることなく、話がついたんだな。

でも、安心するのはまだ早い。実際に暮らし始めてから問題が起こることは十分あり得る。

「……そうなったら、どうしよう」

結局、自宅に戻って布団に入っても、なかなか寝付けなかった。

――そして、あっという間に三週間が過ぎた。

＊＊＊

私、桐原灯佳の帰宅は他の生徒より遅くなることが多い。

生徒会の仕事を終わらせて外に出ると、空は夕焼け色に変わっていた。

『先に帰るね。お疲れ様』

銀に挨拶のメッセージを打って、職員室の方を見る。もちろん、明かりはまだ点いている。

本音を言うと、どこかで少し密会してから帰りたいけど――。

「……我慢、我慢」

自分に言い聞かせながら校舎を出る。

電車で移動中、銀からようやく返事がきた。なんてことのない、他愛のない返信だけど、私はとても嬉しい。

仕事に戻る、という銀の連絡で会話を打ち切ると、ちょうど最寄り駅に着いた。

一人暮らしは気楽だけど、誰もいない部屋に戻るのは、本音を言うと苦手だった。

だけど、今はひとりじゃない。

鍵を開けて家に入ると、明かりが点いていた。

「あ。灯佳おかえり～」

「……ただいまです」

いつからか忘れたけど、柚香さんは私を下の名前で呼ぶようになっていた。

「外、寒かったでしょ～。雨、まだ降ってない？」

「どうにか持ってくれました」

「よかったね。早く着替えちゃいなさいよ。部屋着、いつものところに畳んであるから」

部屋に戻ると、丁寧に畳まれた服がベッドの上に積んであった。柚香さんのお気に入りだという柔軟剤の香りがほんのりと漂っている。

リビングに戻ると、柚香さんはテレビを見ながらストレッチをしていた。……いつ見ても、しなやかで綺麗な身体だ。女の私が見ても、少しドキッとしてしまう。

色気と一緒に、芸術品めいた美しさも備わっているのだから、ずるい。

「お腹、空いてる？　温めるだけだから、すぐできるけど」

「お願いできると、嬉しいです」

「りょうかーい。ごはんだごはんだ、ごはんだぞーっ、と」

体操を切り上げた柚香さんは冷蔵庫からプラスチックの容器を出して、食器類もテーブルに手際よく並べていく。

ちなみに、冷蔵庫の中は法則性も類似性も、関係性もまったくない食材たちが上手に並べられている。

銀が料理を作っていたころとは大違いだ。

「今日は、コーンスープ風味のマカロニエビグラタンよ～」

「……え、えっと？」

生まれてから、一度も聞いたことのないような料理名だ。

「粉末スープの安売りが棚に残ってたでしょ？　あれを軽めに溶かしてソース代わりにしたの。

試したことないけど、たぶんいい下味がつくと思うんだよね～」

銀も料理上手だけど、絶対に作らない類の料理だ。

だけど、柚香さんの料理が今までまずかったことは、一度もない。

今日も成功するだろう。

「……美味しい」

予想通りだった。

「でしょでしょっ！　あ、豆腐と揚げのサラダもあるからね。好きでしょ、あんた」

「……まぁ、はい」

好きだと伝えた覚えも、おかわりをした記憶もないのに見抜かれていた。

どうしてわかるんだろう。

量も、ちょうどいい。

「いやぁ、二人だとやっぱり調節しやすいわー。ひとりで食べてたときはカロリー計算が大変で大変で……」

銀が帰ってこなかったときは、何かと大変だったらしい。

そのあとは特に話をするわけでもなく、二人で食事に集中した。

「……ごちそうさまでした」

「はい、どうも。お皿、シンクに入れておきなさい。まとめて洗うから」

「いつもすみません」

「お気になさらずー。居候だしね」

銀の家に居候したときと同じく、家賃は免除、水光熱費の増額分だけ、お金を貰う予定になっている。

でも、掃除、洗濯、料理に後片付け——家事をほとんどやってもらえているから、確実にお値段以上の働きをしてくれている。

それ以外にも、助かっているところがたくさんある。

「あ、そうそう。今日ドラッグストアで腹巻きを買ってきたから、ちゃんと着けなさい。腰とお腹は絶対に冷やしちゃダメよ。ひとによっては生理痛も軽くなるから、面倒くさがらずに試してみなさい。下手すると、夏でも手放せなくなるわよ。暑くなければネックウォーマーもね」

「……はい」

「あと、お風呂上がりの保湿クリームとヘアオイルも忘れずにー。洗面台に置いといたからー。寝るときは湯たんぽもねー」

柚香さんは自称美容オタクで、ヨガやらお気に入りのアイテムの情報を私に共有してくれる。

髪の毛にいいから、とシャンプーブラシも勧めてくれた。

最初は面食らったけど……最近、身体やお肌の調子はすごくいい。実感できるレベルで効果が出ている。

お風呂も、倒れて孤独死する心配がなくなったから、ゆっくり浸かれている。

そうするようになって、疲れも取れやすくなった。

「今日はゲームするの？」

「いえ、銀が忙しいみたいで。私も、赤本を少し解いてみたくて」

「そっか。じゃあ、私も勉強するかな」

柚香さんは、ゲームの予定があるときはリビングから離れて、テレビを私に譲ってくれる。

私が勉強するときは、静かにしてくれる。

……嫌な気持ちになったことは、今のところ、一度もない。

一時間ほど勉強したあと、柚香さんの勧めで休憩を入れることになった。

淹れてもらった紅茶に口をつけていると、柚香さんは興味深そうに赤本を指差す。

「ちょっと見てもいい？」

「……どうぞ」

「あんがと。なっつかしいなー。私もけっこう、色々解いたわ」

柚香さんは、これでいて成績もなかなか良いらしい。就職活動用に一般教養のテキストを解いているけど、ちらりと見えた解答用紙は丸ばっかりだった。

大学時代は人気者だったと銀が言っていたけど、当然だと感じる。……絶対に、本人には言いたくないけど。

「ん？　この問題、チェックついてるけど、わかんなかったの？」

「飛ばしました。あとで、解説を見ようかと」

「そかそか。わかんなくて、気に障らないなら聞いてちょうだい。たぶん教えられる」

「……わかりました」

その後、キリのいいところでお風呂を勧められた。

あとで柚香さんが入るから、先に髪の毛と身体を洗って、お湯に髪が入らないように、ヘアゴムをつけて湯船に浸かる。

身体があったまっていく心地よい感覚に、思わず吐息が出た。同時に、ため息をついて、天井を見上げる。

「……困ったなぁ」

私は、銀が好き。

柚香さんもまだ、銀が好き。

あのひとは恋敵だ。

だけど、一緒に暮らし始めてから、良いことしか起こってない。

ひとつ、満たされていないところがあるとすれば――。

「寂しいなぁ……」

柚香さんと住むようになってから、銀は一度もこっちに来ていない。

もともと、受験に向けてそうしよう、と話していたから、それ自体は覚悟していた。

でも、ひとつ誤算だったのは、柚香さんだ。

あのひとの私に対する接し方、発言、態度、距離の置き方、気の遣い方——。

その全てから、銀の気配がする。銀と同じモノを感じる。

子供な私は、そこを嬉しく思う一方、寂しさも拾ってしまうし、少なからず、嫉妬もしてしまっている。

今、この瞬間も、銀が恋しくて仕方がない。

「……寂しいなぁ」

だめだ。言うと、もっと恋しくなる。

もう、やめよう。

こしこし、と目元を拭ってから、柚香さんに教わった入浴中のマッサージを始める。

……大きいバストを持つひと向けの、肩凝り対策。お風呂上がりは最近、身体が軽い。

＊＊＊

あたし、高神柚香は灯佳がお風呂でリフレッシュしている間、思わず唸る。

「うぅ〜んん……」

「困ったなぁ……」

灯佳と住み始めて三週間。もうすぐ一ヶ月になる。

相性が悪いと、そろそろ険悪にもなってくるはずなんだけど——めちゃくちゃ楽しいぞ？

女子と二人暮らしするのは、さすがのあたしも初めて。

今回の経験は、あたしにとっても発見の連続だ。

それに加えて、灯佳は頭に『超』がつくレベルの美少女だ。

一応、年相応には美容や健康に気を遣っているけど、それでもツッコミどころはたくさん。

まだまだ伸ばせる部分がいっぱいある。

最初はだいたい面倒が先立つみたいだけど、勧めて効果を実感したら、素直に聞いてくれる。

まぁ、なんか、そんなふうにされると——磨きたくなりますよねっ！

「あの子、恋敵なのになぁ……敵に塩を送ってどうすんのよ……」

かと言って、今さらお節介な助言をやめようとも思えない。

それくらいのレベルには、あたしは今の生活を楽しんでしまっている。

「困ったことですよ……はぁ」

既に宝石だけど、磨けばまだまだ光る原石。

しかも、生徒会長で頭も良いときた。

あのレベルの赤本をあれだけ解けるなら、よほどプレッシャーに弱いとか、本番直前にたちの悪い風邪を引かなければ、大学受験も失敗しないだろう。

疑いようもなく、将来有望な秀才ちゃんだ。

「あたしもそんなふうに言われることもあったのになぁ〜っ。どうして無職のニートになっちまったんだ、こんにゃろめ」

ちなみに、答えはわかっている。

銀と別れてしまったせいだ。

……それを思い出した瞬間、ずーん、と気分が沈んでしまった。

「ううっ、自業自得なんだけど、泣けちゃう……」

……それを思い出したところで、「でもなぁ」とひとつ疑問が浮かぶ。

「灯佳は確かに将来有望でイイ子だけど、どうして銀は、あんなにもあの子にお熱なワケ
……？」

仮に優秀だとしても、無理やり迫られたとしても、あの銀が『教え子』に手を出すなんて考

えられない。何か、よほどのことがあったはずなんだけど——うーん？

「……あがりましたよ」

「あ、はいはい。おかえり。あたしも冷める前に入っちゃうね。……ん？」

「なんですか？」

「あたしの気のせいかな。なんか、元気ない？」

「……いえ、別に。ちょっと湯あたりしたかもです」

「あら、そうなの。落ち着くまでソファでごろんしてなさいな」

「ありがとうございます。お風呂、いってらっしゃい」

「はーい。いただきまーす」

考えても仕方ないので、お風呂へ向かう。

……まぁ、せっかく一緒に暮らすんだ。険悪よりは、うまくいっている方が、ずっといい。

そんなことを思いながら身体の手入れをしつつ、入浴を済ませた。

あがったあと、リビングに戻ったんだけど、灯佳の姿がない。

……部屋かな。

肌の保湿と髪のお手入れ、ちゃんとできてるか見ておきたいのに。

お節介なのは自覚しているんだけど、あの素材がちゃんと活かされないのは世界の損失だ。

リビングにいないなら、きっと部屋かトイレ。

トイレは電気が点いていなかったから、部屋で確定だ。

ドアに近付いて、ノックをしようとしたんだけど——手が、止まった。

ドア越しだから声がくぐもっているけど、泣いているのがはっきりとわかった。

『ぐすっ……うえん、うええぇえん……』

『ごめんねぇっ、銀、疲れてるのに、急に電話しちゃって……でも、さみしいぃ～……寂しいんだよぉっ……ぐすっ……会えないのしょうがないって、わかってるんだけど……』

灯佳は、頭がイイ子だ。

我慢しなきゃいけないのもわかっているし、あたしとの生活が嫌ってわけでもないんだろうけど——感情は理屈じゃない。気持ちが、わかってしまった。

足音を立てないようにドアから離れて、あたしはため息をつく。

「……困ったなぁ」

銀が良い男なのをよくわかっている分、あたしは灯佳の気持ちがわかりすぎる。

「恋敵なのになぁ……」

だけど、つらさを見てしまったからには放っておけない。

ちょっと、手助けしてあげますか。

＊＊＊

私、桐原灯佳は超激重の恋愛依存体質だ。

好きなひとがいないと心はしぼむし、逆に、好きなひとがいると毎日が明るい。

でも、好きなひとがいて、甘えることができないと、気持ちはどんどん重たくなる。

「うん……ごめんね。ありがとう。大好きだよ。……うん。また明日、学校でね」

電話を切ったあと、はぁ……、と小さく息をついた。

久々に銀と話せた安堵感。それをたっぷり含んだ、幸福に満ちた吐息だ。

でも、罪悪感も大きい。

「……我慢、できなかった」

はぁ～……と、重苦しい大きな息をついた。

徒労感に満ちた、がっかりため息だ。

こんな調子で、一年持つのかなぁ――私。

銀は「電話くらいなら、いいじゃないか」と笑っていたけど、私はアウトだと思う。

何か、うまい発散方法があればいいんだけどなぁ。

「……喉、渇いた。なんか飲もう」

重たい腰と感情を上げて、どうにかリビングまで動く。

私の姿を見かけた柚香さんが「あ、出てきた」と反応した。

「落ち着いた～？」

「……気付いてたんですか？」

「用事があって部屋の前まで行ったのよ。盗み聞きするつもりはなかったんだけど、聞こえちゃった感じ。お風呂上がりの色々、ちゃんとやった？」

「……一応は」

「そう。でも、泣いちゃったんでしょ。お顔の保湿、もう一度してあげる。おいで」

柚香さんは顔のケアをしてくれたあとも、色々とお世話をしてくれる。

「ビニール袋で氷のう作ったから、しっかり目元を冷やしておきなさい。明日も生徒会、あるんでしょ？　目元が腫れてたら素敵な生徒会長が台無しよ。他の子たちも気を遣うだろうし」

さすがは元・企業の受付業務担当者、といった感じだ。顔面に対する危機管理は、私よりも徹底している。

でも、このひとはどうして――。

「なんで、あたしがあんたに優しくするか、不思議？」

「……まぁ、それは」

「そうね。あたしたち、恋敵同士だもんね。でも、あたしからしたら当然よ。灯佳が一方的に銀を好きなら止めたし、略奪してたけど、銀『も』あなたが好きなんだもん。銀が悲しむことなんてしないわよ」

なるほど。それなら信用できる。

柚香さんがそういうひとだから、私は保険としてこのひとを選んだんだ。

「はい、お手入れ完了。銀と会えなくて寂しいなら、あたし、休日はどこかへ出掛けようか？　そうしたら、銀もこっちに来るんじゃない？」

「おかまい、なく。我慢しないといけないのは、変わらないですし」

柚香さんが言い掛けたところで、チャイムが鳴った。

「そう。どうしても無理だったら言って。あと、あたしからあんたにもうひとつ――」

柚香さんは玄関で宅配業者を受け入れ、小包をひとつ手にして戻ってくる。

「あ、ちょうど来たかな。たぶんあたしの荷物だわ。待ってて」

「何か頼んでいたんですか？」

「まぁね。イイ物よん。全部、自分用の予定だったけど、灯佳にも分けてあげる。どれがいいかな～」

柚香さんは手早く箱を開封。梱包材も開いて、がさがさと手を動かす。

中身は小さな箱がたくさん……大きめの箱も交ざっているようだ。

「ま、やっぱり定番のこれかな。ほいっ」

柚香さんに手渡されたそれを、まじまじと見つめる。

何かの商品のパッケージのようだ。

ピンク色した、卵形の機械が可愛い感じに写っている。

どう見ても、大人の玩具だった。

そして、その見立て通り、大人の玩具のパッケージだった。

「それ、いいらしいわよー。振動パターン選べるし、飽きないようにランダム機能もあり。スマホにアプリ入れたら、自分以外のひとが遠隔操作もできる優れ物だって」

「こんなの渡されても困るんですけど⁉」

「困るってことはないでしょ。使ったことない？　興味もない？　興味くらいはあるんじゃない？　エッチな動画で見たことくらいあるでしょ？」

そう言われると、返答に詰まってしまう。

「買おうと思っても、灯佳の年齢だったら色々面倒だろうしさ。居候のお礼ってことで、素直に受け取っておきなさいな。しばらく銀と会えないなら、溜まるもんも溜まるでしょうし、うまく発散しなさいよー」

「……ひょっとして、その箱の中身、全部？」

「そうだけど？　色々持ってると楽しいわよ。こういうのって競争激しくて、すごいんだから」

柚香さんの「飛んだ」部分を見せられた私は、複雑な心境だった。

呆れ半分、知らない世界を見せられた驚き半分、みたいな。

一緒にいて退屈しないのは確かなんだけれど、これに対して何も思わなくなるのは、ちょっと、高校生的に不味い気がする。

「なんなら、レクチャーしてあげようか？　あたし、女の子とするのも嫌いじゃないわよん？」

「結構です！」

「冗談だってばー。相手がいる子とは、しないのよーん」

柚香さんはけらけら笑って、自分の部屋に荷物を片付けに向かう。

言動は不謹慎でめちゃくちゃなのに、愛嬌のせいで憎めない。

つくづく、ずるいひとだ。

そういえば、どことなくカナちゃんに似ている。もっとパワーあるけど。

「……スーパーカナちゃん？」

呟いてみたら、頭が痛くなってきた。

＊＊＊

同日。
遡るこ と、一時間。

＊＊＊

「ふぅ……」

教師生活も、もうすぐ九ヶ月。

一日の仕事を終えて自宅に戻り、夕飯を済ませて風呂に入るこの瞬間が、一番癒やされる。

今日は持ち帰りの仕事もない。このまま風呂に持ち込んだスマホで、のんびり動画でも見て――みたいなことを考えていたら、桐原から電話が掛かってきた。

事前の連絡なしに掛けてくるのは珍しいな、と思いながら応じてみると――。

『ふえええっ……銀、ごめん、ごめん～……』

グズグズの声が耳に入ってきて、緩み切っていた気持ちが瞬時に引き締まった。

「ど、どうした！　ユズと喧嘩したか？」

『違うのぉ～……そうじゃなくって、銀が……銀が、足りなくて……』

「うん……？」

『会えないし、話せないし……でも、我慢しないといけないからって、がんばってたんだよぉっ。でも、なんか、今日は無理でぇ～……ごめんなさいぃ～……』

どうやら、我慢の限界だったらしい。

なんだ、と言ってしまってはいけないんだろうけど、深刻なことが起こっていなくて、よかった。

「そうかそうか。最近、がんばってたもんな」

『うん……』

なるべく、こちらからは話さず、桐原の言っていることに共感して、返事をするだけの聞き役に徹する。

そうすると徐々に桐原も落ち着いていった。

声からも、泣き成分がどんどん減っていく。

「ちょっと気が済んだか？」

『うん……ありがと』

「どういたしまして。最初は何事かと思ったよ。……本当に、ユズは関係ないんだよな？　うまくいっているんだな？」

『うん。むしろ、柚香さん、すごく気を遣ってくれるから、助かってる……家事もたくさんしてくれてるし。あと……』

桐原の声に、少し恥じ入るような気持ちが混ざるのを感じた。

重たい雰囲気をひきずったまま、桐原は話を続けてくれた。

『……うちの親さ、私が小さいころから、二人ともあまり家にいなかったでしょう？　お手伝いさんはいたんだけど、私、子供のときから反発してたから、親がいなくても何も問題ない、って見栄を張っていたんだ。『手の掛からないイイ子』ってお手伝いさんに言わせたくて——親に対する当てつけだったの。……勉強も、学校での振る舞いも、全部その延長』

……なるほど。

それが、『優等生』桐原の誕生に繋がるのか。

『おかげで、手に入れたものもたくさんあったけど——代わりに、大人の女のひとと仲良く暮らしたことって一度もなかったんだ。風邪で学校を早退したとき、母親の秘書の、成瀬さんにメイクを教わった話をしたよね？　あれもさ、すごく驚かれたんだ。『灯佳ちゃんにお願い事されたのって、初めてですね』って……だから、柚香さんと暮らすのは、すごく新鮮で、楽しいっていうか……』

「安心するか？」

『うん……色々、教えてくれるし、気を遣ってくれるから……勉強になるところも、多い。私にお姉ちゃんがいたり、うちの母親がまともだったら、あんな感じだったのかな――』

「そうかぁ。ユズが世話になるって聞いて心配したけど、そんなふうに思われるなんてなぁ。……桐原にとっても良い影響があったならよかったよ。安心した」

『うん……あ、でも、柚香さんには内緒にしてね？　悔しいから』

「わかってる。あいつ、聞いたら調子に乗るだろうしな」

『あ～、確かに、そういうところあるかも？』

「あまり甘やかすなよ。ユズに直接言いにくいことがあったら相談してくれ。ちゃんと叱る」

『今のところ、大丈夫。ありがと。……あ、いっけない。もう一時間近く喋っちゃってる……』

「ははは。まぁ、電話くらいなら、いいじゃないか」

『……なのかな』

「よくがんばってるよ」

『あぁ～、だめだめ。甘え始めたら、ずっと甘えそう。切るね』

「了解。冷えるからあったかい格好で寝ろよ」

『うん、おやすみ』

「おやすみ。また明日な」

『うん……ごめんね。ありがとう。大好きだよ』

「俺もだ」

『……うん。また明日、学校でね』

名残惜しい感じで、電話が終わった。……がんばってるけど、つらそうだったな。

物理的な距離は近いけど、状況的には、遠距離恋愛みたいなものだ。

激重恋愛体質の桐原にとっては、やっぱり試練の一年になるのだろう。

定期的に、何かでガス抜きができればいいんだけど、一緒にゲームをやる以外のことが、あまり思い浮かばない。

どうしたものか、と考えていると、またスマホが震えた。

今度はメッセージの着信だった。ユズからだ。

『へいへいへ〜い。そこのイケメン、恋にお悩みじゃないかな？』

『間に合っている。お疲れさん』

『ノリが悪いよ、おにいさんっ！　灯佳、電話でだいぶ落ち着いたみたいじゃん』

『知ってたのか』

『あれだけグズグズ泣いてたら気付くよ〜。我慢しなきゃいけないのはわかるけど、我慢し過ぎもかわいそうよん。たまには電話くらいしてあげたら？』

『わかってる。接し方を考えるよ』

そこで話を切り上げることもできたが、聞いたからには、言わなきゃいけないことがある。

『桐原の面倒、色々見てくれてるみたいだな。助かる。引き続き、よろしく頼む』

詳細はボカしてるから、このくらいなら、バラしたことにはならないし、ユズも調子には乗らないだろう。

そう思ったんだけど、ユズは『驚き』『えっへん』『お安い御用よ！』『任せておけ！』とスタンプを連発したあと、照れながら物欲しそうにご褒美をねだるスタンプで締めてきた。

失敗したことを悟り、既読スルーで返事をする。

「桐原にとってのガス抜きなぁ……」

絶対に喜ぶだろうな、と確信する手がひとつあった。

……まだ受験は先だし、一ヶ月近くがんばったわけだし、ちょっと、手を打つか。

翌日。授業を滞りなく、無難に終えて、放課後になった。

桐原は今日も生徒会で仕事をしているはずだ。

もうすぐ任期が切れるので、引き継ぎの準備や総括の作業で忙しいらしい。

自分の事務作業に目処をつけてから、生徒会室を訪ねる。

「えっ……先生？」

ひとりで作業をしていた桐原は俺を見て驚いたけど、一応『生徒』の体面は保っていた。

桐原しかいないけど、誰が見ているか、わからないからな。

「教頭先生から、生徒会に渡す書類を預かってきたぞ。ついでに少し話せるか？」

桐原は椅子から立ち上がり、小走りで出入り口へ移動。

左右に顔を振り、廊下の様子を確認してから、静かに鍵を掛けた。

「書類、ありがとう。話って？」

「いや、特にないけど」

「……ひょっとして、会いに来てくれたの？」

「あぁ。少し、つらそうだったから」

桐原の顔が一瞬明るくなる。――が、すぐにしおれてしまった。

「気持ちは嬉しいけど、我慢しないと……」

「それはそうだけど、あまり良い子が続くと疲れちゃうだろ」

近くに寄って、ぽん、と頭に手を置く。

「がんばった子にはご褒美だ。……ちょっとだけ、な」

じっ、と上目遣いで見つめられたあと、思い切り抱き着かれて、抱き締められた。

少し痛いけど、やりたいようにさせてやった。

「……適当に理由をつけて、会いに来てくれたの？」

「良い子で疲れた桐原には、密会が一番効くと思って」

「や、やさしいぃ〜……」

ぐりぐりぐり、と額を身体に押し付けられる。かと思ったら、首に手を回され、ぶら下がるような格好でキスをされた。こっちも軽く抱き上げてやると、んふっ、と嬉しそうに鼻息が漏れてきた。

「……電気、消していい？」

「構わないけど、あまりエスカレートするなよ……？」

「わかってる。でも、ちょっとムードを味わいたい」

ほとんど陽が落ちているから、明かりを消してカーテンを閉じれば、ほぼ暗闇だ。

ソファに移動して、俺が先に座る。上に乗った桐原を抱き止めて、しばらく唇と舌の感触を交換し合った。濃密な吐息が重なる瞬間は、何度繰り返しても頭がクラクラするし、心地が良い。

「……銀も、私がいなくて寂しかった？」

「それは、あるぞ」

「……嬉しい」

暗闇の中でも、微笑んだのが声色ではっきりわかる。

唇をついばみ合う音が響く中、そっと背中に手を回す。ぴくんっ、と桐原が反応したのに気を良くして、片方の腕は胸に這わせた。

「……悪い先生だ」

「やめた方がいいか？」

「意地悪。そんなわけないじゃん。……もっとして」

エスカレートするな、と釘を刺したのは俺の方なのに、俺も楽しんでしまっていた。

でも、桐原が喜ぶのなら──そんな言い訳を思い浮かべながら、桐原が好きな触り方で、桐原の性感を引き出していく。切ない吐息が漏れるようになるまで、時間は掛からなかった。

「やっぱ……なんか、今日、すごい……んぅっ……」

悩まし気に身体を揺らされて、こちらもたまらなくなってくる。

──って、やばいな。大丈夫かこれ。

「ねぇ、銀……ごめん。だめなのはわかってるんだけど、もうちょっと、だけ……」

桐原が自分のスカートの中に手を差し入れる。顔を、耳元に寄せられた。

「これ以上、汚すとアレだから……脱ぐ、ね……」

誰もいないのに、誰にも聞こえないように囁くいじらしさが、どくん、と胸に来た。

──本当に、大丈夫かコレ。

期待の裏で不安が頭を覗かせたところで、急に生徒会室のドアが動いた。

ガタガタッ！　と揺れるドアに、俺と桐原が同時に注目する。

あれーっ⁉　と聞き覚えのある賑やかな声がした。

「……カナちゃんだ。服、直して」

桐原が小声で囁いて、ドアを開ける前に明かりを点ける。

「カナちゃん、待ってて。いま開けるから」

言いながら、桐原は俺に目配せしてくる。互いに服装の乱れをチェックして、問題なさそう、と頷いたあとに桐原が鍵を開けた。

「あっ、会長！　それに羽島先生も⁉」

どうも、と軽く挨拶をすると、カナちゃんは嬉しそうに笑ってくれた。

「カナちゃん、帰ったんじゃなかったの？　忘れ物？」

「いや、失くし物です！　この間、買ったばかりのキーホルダーが落ちちゃって……ガチャガチャでやっと当てた推しキャラのヤツだったので、諦め切れず！」

「……見当たらなかったけどな。落ちているなら、ソファの下、とか？」

桐原の推理を聞いて、確認してみる。

「これか？」

「それですーっ‼　見に来てよかったーっ！」

カナちゃんはキーホルダーを受け取り、軽く飛び跳ねる。本当に嬉しそうだった。

「おふたりとも、ありがとうございました！」

「いえいえ」

か？」

「はいっ！　ところで、おふたりとも、なんで部屋の中にいるのに電気消していたんですか？」

波風立つことなく、終わってはくれなかった。……なんて答えればいいんだ？

でも、そこは、さすがの桐原さんだった。

「あぁ、実はね……本当にお化けが出るか、試してたの」

「えっ？　……お化け、です？」

「うん。カナちゃんは聞いたことないかな？　生徒会室、出るって噂なの。私も、先代から聞いただけなんだけど――放課後、生徒会長がひとりで作業をしているときだけ、悪戯されるって話があるの。確かに、視線を感じるときがあるかも～っていう話を羽島先生にしたら、『二人でいるときも出るのか、試してみるかー』って言われて――そこで急にカナちゃんがドアをガタガタやったから、二人で驚いちゃって。ですよね、先生？」

「お、おう。ちょっとした冗談のつもりだったんだが、いやぁ、びっくりしたなぁ」

優等生モードの桐原がくすくす笑う。

俺も、苦笑いでなんとかごまかそうとする。だが、カナちゃんは頭を抱えていた。

「……ひどいです、会長」

「何が？」

「……私、実はこっそり、生徒会長に立候補してみようと思ってたのに、そんな話きいちゃったら、もう、挙手できないですぅ～っ！」

カナちゃんは半泣きになって、桐原にすがる。

「本当に⁉　本当に、出るんですかっ⁉」

「姿を見たり、声を聞いたりっていう経験はないよ？　ただ、そう言われてみると、感じることもあるかな～？　程度の話で……」

「それでも嫌ですーっ！　うわーんっ！　私、もうこの部屋にひとりで来られない～っ！」

「大丈夫だよ。いつも、戸締まりは私がしてるじゃん」

「ううっ……絶対、私をひとりにしないでくださいね⁉」

「はいはい。よしよし」

カナちゃんには気の毒だが、たぶん、桐原の作り話であろうこの怪談話、効果はてきめんだった。俺たちが密室で、暗がりで、何をしていたのか――疑われている様子は、みじんもない。

――やっぱり、気を付けないとな。

学校での密会は、桐原が本当に限界になるまで、控えるようにしよう。

……とにかく、無事でよかった。

＊＊＊

そう、思っていたのだが――数日後、生徒たちの間に、とある噂が流れるようになった。

「名前どころか、学年もわからないんだけど――先生と付き合っている生徒がいるらしいよ」

俺と桐原にとって、無視できない噂なのは言うまでもない。

## 2. 高神柚香・直したい癖：後先考えないところ

俺が最初にその噂を耳にしたのは、桐原の口からだった。

『先生と付き合っている生徒がいるって、噂が流れている』

夜、電話をしているときに自宅で一報を聞いて、スマホを落としそうになった。

噂の出所として、俺が真っ先に疑ったのはカナちゃんだった。

生徒会室での一件は、まだ記憶に新しい。桐原の機転で乗り切ったと思ったけど、実はそうじゃなかった……？

『うーん、私もそう思って探りを入れてみたんだけど、どうも違うみたいなんだよね』

噂を耳にした桐原は、生徒会室でカナちゃんを捕まえて話を向けつつ、注意深く観察したらしい。

『カナちゃんの私に対する態度、いつもと何も変わらなかったんだよね。あの子は嘘がつけない子だから、私と銀がそういう仲だってわかったら露骨に態度に出ると思うんだ。でも、そうじゃなかった。……むしろ、銀に別の噂があるって教えられたよ。バスケがとても上手で、顔面もつよつよな彼女がいるって、話題に上ってるらしいですけど？』

無言で額をおさえる。またあいつは、頭痛の種を……。

「すまん……」

『いいよ。しょうがないし。まぁ、おもしろくはないけどねっ！』

「……話を戻そう。生徒たちの噂の件は、別の誰かに、何かを見られた可能性がある？」

『かもしれない。でも、ただの噂かもしれない。わかんない状態で銀に教えるのもどうかなって思ったんだけど――』

「いや、助かるよ。……前以上に、注意していこう」

『うん。……ごめんね。せっかく気を遣って、生徒会室に来てくれたのに』

「いや、こちらこそすまん。密会はしばらく無理だが、寂しくなったら、また電話してくれ」

『うんっ♪　ありがとう。大好きだよ。またね』

この日の電話はこれで終わったが、別の日に、暮井さんからも職員室で同じ話を振られてしまった。

「例の噂、知ってる？　あれ、関わってるの？」

近くに誰もいないが、暮井さんは小声で、なおかつ内容を省略して中身をぼかしてくれた。

「いえ、そんなことはないと思うんですけど――」

「そう。心当たり、ないのね」

ないわけではない、と答えると説教が飛んできそうなので、静かに頷いた。

「まぁ、定期的に、よく流れる噂ではあるけどね。今年も来たか、って感じの」

「そうなんですか？」

「ゴシップ好き、噂好きはどこにもいるものよ。私は全然、興味がないけど」

「ちなみに、この類の噂が本当だったことは？」

「ドラマの中以外に、記憶にないわね。一件を除いては」

言いながら、ふっ、と少し微笑みかけられた。

……暮井さんは、たまに意地悪なときがある、気がする。そういう暮井さんも嫌いではないけど、リアクションには困ってしまう。

「一応、注意はしなさいよ。彼女にも、彼女以外の生徒さんにもね。若い先生ってだけで珍しがったり、懐いてきたりもするし、けっこう惚れられやすいんだから」

カナちゃんの様子を思い浮かべて、なるほど、と納得する。俺の心は桐原だけのものだが、肝に銘じておこう。

「心配してくれて、ありがとうございます」

もしも俺たちの関係がバレても味方にならない、という条件で繋がっているはずの暮井さんだが、なんだかんだで気に掛けてくれる。頼りになる先輩でもあるけど、本当に、いいひとだと思う。

「どういたしまして。……ところで、修学旅行の班決め、すんなり終わりそう？」

「あ、はい。早々に桐原が陣頭指揮を託されて——班長数人の枠だけ自薦、他薦で先に決めていました。その後は、くじ引きで公平にやる予定です。俺はもう見ているだけかと」

「よかったわね。ただ、イベントの性質上、文化祭のときよりも生徒たちは浮かれやすいから、きちんと釘を刺しておきなさい」

「はい。今回はその辺り、ちゃんと先回りして考えてあります」

「そっか。余計なお世話だったわね。ごめんなさい」

「いえいえ」

言いながら、俺たちは仕事に戻る。

暦は、明日から十二月。二年生最後の大型イベント。二泊三日の修学旅行が一週間後に迫っている。行き先は京都だ。


そして、十二月最初の、終礼前のホームルーム。

教壇に立つ桐原は班長の名前を黒板に書いて、ティッシュ箱で作ったくじ引きをみんなに披露する。

「班長の名前が書いた紙が中に入っています。不正無し、恨みっこ無し、です！　いいねっ⁉」

おう、はーい、と明るい連中から声が上がる。

早く引きたい奴は前、残り物の福を信じる奴らが後ろに並んだ列ができたあと、くじ引きが始まった。

班長になった奴らは席に座り、ゆったりと過ごしている。

文化祭で中心になっていた東、笠原も班長に選ばれている。もちろん桐原もだ。

くじ引きで面子が決まったあとは、班ごとに集まってもらった。

勝手な見解だが、バランスよく、うまい具合に割り振られたように思う。

「……決まりだな。桐原、お疲れ様。席に戻ってくれ」

軽く会釈した桐原を見送り、教壇を引き継ぐ。

「班決めは終わったけど、先生からひとつ、みんなに話しておかないといけないことがある」

やれやれ、となっていたクラスの雰囲気を引き締める意図を持って、少し硬めの口調で切り出した。

大半の生徒は察してくれて、視線が集まる。

「先生が受験のとき、ひとりで新幹線で移動したときの話だ。俺も緊張していたけど、隣に座っていたおじさんは、俺以上に落ち着きがなくてな。お茶を飲む手も震えてしまって、ペットボトルを俺の方へ落としてしまったんだ」

なんだ、小話か？　と一部の生徒の興味が薄れる。お笑い好きな生徒たちは、オチを期待してニヤつき始めていた。

「あまりに落ち着きがないものだから、俺も心配する。思い切って『具合が悪いんですか？』って尋ねた。おじさんは謝りながら、理由を教えてくれた。『娘が倒れてしまって、急いで駆け付けているところなんだ』って、申し訳なさそうに」

しん、と室内の空気が変わった。笑っている奴は、もう誰もいない。

「この中で、公共の乗り物を使っているときに『静かにしなさい』『お利口にしなさい』と言われた経験がない奴は、ほとんどいないと思う。誰だってやるからな。俺もそうだった。だけど、その言葉の意味をわかっているようで、全然わかっていなかったんだな、って感じた一件だ。みんなは、修学旅行で楽しいし、嬉しい。その気持ちはわかる。でも、楽しくない用事のために移動しているひとだっている。先生に言われるから、学校に言われるから――そうじゃなくて、自分がどういう人間でいたいかを考えて行動してほしい。修学旅行中だけの話じゃない。これからの人生、ずっとの話だ。できるな？」

……はーい、と神妙な感じで返事が戻ってきた。

「話は以上だ。日直！」

「きりーつ、礼」

「お疲れさん」

引き締まっていた空気が弛緩して、生徒たちが各々話し始める。

班が決まった直後なので、話し合いで残る連中も多そうだ。

桐原のところにも生徒が数人、固まったままだ。

俺は、先に職員室へ戻る。

二時間ほど経ったあと、事務作業を片付けている最中に、桐原からメッセージが飛んできた。

『お疲れ様。班内の話し合い、やっと終わったよ。途中、他の班も交ざり始めたから時間が掛かっちゃった』

『そうか。班決め、全部任せちゃってごめんな。おかげで助かったよ』

『どういたしまして。銀の役に立てたなら、嬉しい』

もじもじ、と照れるスタンプが送られてきた。よしよし、と頭を撫でるスタンプで返すと、特大のハートマークスタンプが返ってきた。

『そういえば、銀がしてた新幹線での話、すごくわかりやすかったよ。班長同士で話す機会があったから、絶対に騒がないようにしよう、って私から提案しといた。旅行中、変なノリで騒ぐ子はいなくなると思う』

桐原から送られてきた文面を見て、俺は思わず微笑んでしまった。

『そうかそうか。必死に考えた甲斐があったよ』

テンポがよかった桐原の返信に、少し遅れが生じた。

『ひょっとして作り話？』

『正解』

ユズが桐原と同居するようになってからは、向こうの家に行っていない。土日以外にゲームをする回数も減ったから、自然と自由時間が増える。

その間に、教育論の本を読んだり、暮井さんや、他の先生に経験談を尋ねる時間が増えた。

『目標を達成するのに、ひとを傷付けない嘘をつくことは時に必要である、みたいな話を見かけてな』

『なるほどね～。銀は生真面目過ぎるところがあるから、そういうの、すごくいいと思う。私も生徒会でたまに使ってるよ！』

『それは興味深いな。今度、ゆっくり教えてくれ』

『おっけーっ！　寂しくなって電話しちゃったときにするね！』

ほどほどのところで桐原との雑談を切り上げ、仕事に戻る。

……その前に、暮井さんが職員室に戻ってきた。

「お疲れ様です」

「羽島先生も、お疲れ様。その様子だと、班決め、釘刺し、うまくいったかしら？」

「おかげさまで。……よくわかりましたね」

「毎日、顔を合わせるし、なんとなくね。修学旅行本番も、その調子で行きましょう」

「はい」

桐原と会う時間は減ってしまっているが、皮肉なことに、仕事の方は時間が増えることが選択肢の増加に繋がり、順調だ。

ただ……俺がなんとなく、教師らしい教師になれたのは、桐原のおかげだ。

桐原に助けてもらったり、桐原からクラスの様子をこっそり教えてもらえたから、今がある。どこかで、きちんとお礼をしなくてはいけない。

だが、例の噂もあるし、すぐに動くのは難しいだろう。

卒業後、思い切って長期旅行に誘うのもいいかもしれないな。

仕事の合間に旅行サイトを巡り、行き先と費用を検討していると、暮井さんが乗ってきた。

「あら、羽島先生。旅行に行くの？　国内でいくなら、やっぱり北海道と沖縄がいいわよ。他と比べて割高だけど、今のところ外れた経験なし」

暮井さんと小声で雑談しながら、仕事も進めていく。

職員室でこんな具合に仕事を進めるのは初めてだったけど、思いの外、楽しかった。

「すみません、暮井先生、羽島先生。少しお時間、よろしいですか」

こそこそ盛り上がっているところに、前の席から声を掛けられた。

「あ、はい。……申し訳ございません。うるさかったですか？　溝口先生」

暮井さんが俺より先に謝ってくれた。

溝口先生はベテランの男性教師で、厳格な印象のあるひとだ。二年生の学年主任でもある。

一学期の終わりに開催してもらった歓迎会のときはビール一杯で真っ赤になり、ニコニコ笑っているのが印象的だったが——普段は強面で、話すときは自然と緊張する。

「あ、いえ。そうではなく、修学旅行のことで、少々打ち合わせをしたいと思いまして」

暮井さんは頷き、俺も同調する。

「ありがとうございます。そういうことでしたら、ぜひお願いしたいです。何せ、自分にとっては初めての経験ですので……」

俺が教えを請うと、溝口先生はかすかに口元を緩めてくれた。

「その心意気や良し、ですよ。何せ、なかなか重労働ですからな。校長が常々言っていますが、事故、事件のないよう、最善を尽くしましょう」

強面だが、溝口先生も暮井さん同様、厳しくも頼りになる先輩だ。

緊急事態の想定、連絡網の確認――覚えておくことは山ほどある。

中でも、今までに起こった修学旅行のトラブルの話はとてもおもしろかった。

「た、他校の生徒と揉めて、停学……？」

「三年ほど前でしたかね」

「私が新人でしたから、もう少し前ですよ、溝口先生」

「あぁ、そういえば、そうでした。あの子は、暮井先生の受け持ちでしたな……」

……新人のときから、そんなヘビーな体験を？

戦慄しながら暮井さんに目を向けていると、暮井さんは一笑した。

「私が思いっ切り、初めて本気で生徒を叱った記念すべき一件だわ。それまではナメられていたけど、あの剣幕を見たときから、生徒は私の前でふざけなくなったわね」

「勢い余り、保護者からクレームが来たのも良い思い出ですな」

「……そ、その節は、ご迷惑をお掛けしました」

「いいんですよ」

溝口先生は肩を揺らして笑う。暮井さんがしおらしくする場面を見るのは初めてだったので、俺もつられて笑ってしまった。残業になりはしたものの、有意義な時間だった。


一週間後、修学旅行の日がやってきた。

集合場所は東京駅だ。

直接集合して、集まり次第、新幹線に乗って移動する。

忘れないよう『東京→京都』の文字が印字されている切符は前夜、財布に入れておいた。

ちなみに、集合時間は一般客に配慮して、早めの午前七時になっている。

朝五時半ごろ、桐原に電話をすると、二回目のコールですぐに出てくれた。

『おはよ～っ。私から電話しようと思ってたんだけど、銀、ちゃんと起きられたんだね』

「早起きは昔から得意なんだ。そっちは、ユズ、ちゃんと起きてくれたのか？」

『眠たそうだったけど、朝ご飯作ってくれたよ』

本当に、うまくやっているんだな。

『じゃあ、また駅でね』

「あぁ、気を付けてな」

『うんっ！』

身支度を済ませて、早々に東京駅へ移動する。教師の集合は六時ごろだ。天気は悪くないが、冬場の早朝だ。吐く息は白く、身体も冷える。コート、マフラー、手袋はこの時期、外せない。

到着すると、溝口先生と暮井さんが既に着いていた。

桐原は、班長の中で一番にやってきた。さすがの三十分前行動だ。

教師陣と同じように、生徒たちは制服だけでなく、好きな上着を羽織っている。桐原はダッフルコートを愛用している。よく似合っていた。

桐原が到着した辺りから、ぼちぼち早めの生徒が集まってくる。

——だが、集合時間の五分前。

俺たちは青くなっていた。

「あとひとり、まだ来てないの？」と暮井さん。

「……うちの、東です。さっきから保護者にも、本人にも連絡しているんですが……どっちも出なくて……」

人気者の遅刻とあって、生徒たちもざわつき始めている。

少し余裕を持たせているので、新幹線の発車時刻はまだ先だが、心配は心配だ。

発車時刻まであと数分を切り、他の生徒たちはホームへ移動した。それでも東は来ない。

ひょっとして、何か事故でも……？　と別の心配をし始めたころ、遠くから男子がすっ飛んでくるのが見えた。

「先生、ごめん！　マジごめん‼」

「無事か！　心配したぞ⁉」

「いやー、焦ったわぁー」

「安心するのはあとだ！　とりあえず電車に乗れ！」

東を連れてホームに駆け上がり、どうにか発車前に滑り込んだ。

二人でぜぇぜぇやっていると、溝口先生と暮井さんが待っていた。

「東くん……」と暮井さんがすごむ。東は去年、暮井さんの受け持ちだった。

「ごめん、ごめんってば……ちゃんと、理由、話すから」

人気者の東だが、実は「肝心なところで抜けている」というのは暮井さんから聞いていた。

今回はスマホのバッテリーを切らしてしまったそうだ。

加えて、父親は出張中。母親は看護師の早番で不在。

そんな中、電車の遅延で詰みかけていたらしい。

「もしものときに、って親からタクシー代をぶんどっておいて助かったわ～。ってなわけで、サーセンした」

へへっ、と笑う東に俺たちは毒気を抜かれて、東は無罪放免、釈放となった。

一緒に席へ移動する最中、東は他の生徒から大いに歓迎され、からかわれていた。桐原はホッとしているみたいだった。

「あんた、ばっかじゃないの」

途中、女子の人気者、笠原から本気で呆れられていた。

「間に合ったんだからいいだろ。それとも、俺がいなくて寂しかったか？」

「ばーか」

「はいはい。みんな、静かに。迷惑になるぞ」

みんなを落ち着かせながら、俺も席に着く。座った瞬間、どっと疲れがやってきた。

スマホの震えに反応して画面を見ると、メッセージが届いていた。

桐原からだ。

『間に合ってよかったね。お疲れ様』

続けて、メッセージが連なっている。

『これ、内緒なんだけど――笠原さんと東くんね、幼馴染で、実は最近付き合い始めたんだよ。笠原さん、さっきすごく心配そうにしてたから、よかった』

もちろん、初めて聞く内容だ。

『正直、驚いた。でも、そういうことなら、本当によかった。事故でもなかったしな』

『うん。そうだね』

そこから、次のメッセージが来るまで少し時間が掛かった。

席の方を見ると、桐原が隣の女子に何か話し掛けられている。

数分後、もう一度メッセージが届いた。

『同じ秘密でも、自分たちがそうしたくて内緒にしてる笠原さんたちが、うらやましい』

……本当は、桐原も俺と普通に恋愛がしたいのだろう。

そうできたら、どれだけよかったか。

でも、その我慢も、あと一年と少し。

無事に卒業できたら、目いっぱい、甘えさせてやろう。


出発時に軽いハプニングがありながらも、新幹線は無事に京都へ到着した。好天に恵まれ、ぽかぽか陽気が気持ちいい。

旅行中の点呼、人数確認はまず班長が行う。問題がなければ担任に報告が来て、俺たちは学年主任の溝口先生に報告する。

全員集合を聞いた溝口先生は小さく頷き、生徒たちに伝達する。

「予定通り、ここからは電車と徒歩で移動する。はぐれないように！」

威厳のある様子に、生徒たちは大人しく従う。こういうとき、強面のベテランがいるというのは、とても心強い。

ちなみに、今回の修学旅行はご利益のあるお寺や神社を回るコースになっている。

来年度の大学受験の合格祈願はもちろん、大事な大会を控えている運動部にとっては大変ありがたい内容だ。

学業上達のご利益で有名な北野天満宮に着くと、生徒たちは熱心にお参りをして、お守りを買い込んでいた。

俺も、桐原にひとつ、と思って購入した。

「先生、何か受験すんの？」

「親戚に大学受験をする奴がいるんだよ」

生徒たちの質問を適当に流しつつ、用意してあったコンパクトデジカメで生徒たちの様子を写真に収めていく。

実は今回、修学旅行のカメラ係を任命されている。

生徒たちの大切な思い出を残す重要な役回りだ。

「羽島先生、カメラ係だったんですか？」

引率の合間に撮影していると、桐原が尋ねてきた。人目があるので、もちろんよそ行き・他人・優等生モードだ。

桐原のそばには、同じ班の生徒もいる。文化祭の調理で大活躍だった気弱な女子生徒、小林の姿もあった。

あまり写りたくないのか、カメラを持っている俺を警戒している様子だった。

「カメラ係な、俺から『やらせてください』って校長に頼んだんだよ」

おや、と桐原は少し驚いた様子だった。

「意外か？」

「はい、少し。写真、好きなんですか？」

「そういうわけじゃないんだけど、お前たちと過ごす、最後の大イベントだからなぁ。記念すべき教師生活一年生——付き合ってくれた生徒たちの思い出を残しておきたかったんだ。理由を聞いたら、校長も納得してくれたよ。撮った写真のデータは、生徒たちに許可された場合に限り、記念に俺が貰っていいことにもなってる」

理由を聞いた生徒たちは「あ～」と納得していた。

桐原は無反応のように見えたけど、注意深く見てみると、少し瞳が潤んでいた。

「羽島先生。少しだけ代わりますよ。生徒たちと一緒に撮りましょうか？」

話を聞いていたらしく、暮井さんが気を利かせてくれた。

「お願いします。誰か、俺と写ってくれるか？」

嬉しいことに、生徒たちは気持ちよく俺の隣に並んでくれた。

及び腰だった小林も、桐原と一緒に並んでくれる。

「いいのか？　無理しなくていいんだぞ？」

「い、いえ。……先生にはたくさん、お世話になってますから。文化祭では、特に——すごく楽しかったです」

「俺も楽しかったよ。小林のおかげだ」

暮井さんが撮ってくれた写真をその場で確認したけど、とてもいい写真だった。

いつかきっと、この写真を見て、今日を思い出すときが来るだろう。

しんみりしていると、暮井さんが笑顔で提案してきた。

「先生たちをハラハラさせて思い出を刻んでくれた東くん、せっかくだから、あなたは特別に羽島先生とツーショットでどう？　写真を見るたび、あなたの武勇伝が蘇るわよ」

「マジで？　やるやる。先生、一緒にポーズ取ろうぜ。俺は東！　伝説の男だ！」

わはは、と笑いが起きる。桐原も、楽しそうに笑っていた。

——ちゃんと、楽しめているんだな。

桐原の様子を見て、心が軽くなった。


北野天満宮の参拝が済んだあとも当然、修学旅行は続く。

球技上達のご利益がある白峯神宮。

厄除けで有名な平安神宮に八坂神社と流れていく。

合間に自由時間があり、生徒たちは好きな場所で昼食を済ませる。

俺は暮井さん、溝口先生に誘われて、適当な蕎麦屋に入った。

「今のところ、事故や事件、揉め事はなし——順調ですね」

暮井さんの言葉に溝口先生が頷く。

「夕方、宿に入るまではどうしても事故の危険が多い。後半も、気を付けて行きましょう」

頷き合って、気合いを入れ直す。

「特に、これから参拝するお寺、神社は人気の場所です。気を付けましょう」

溝口先生は、大事なことを繰り返す癖がある。暮井さんもため息をつく。

「本当に、人出が多いんですよね。写真を撮りたがるひとも多いですし」

溝口先生も、小さく吐息する。

——昼食を済ませたあと、生徒たちの点呼も終わり、二人が警戒する場所へ向かう。

京都と言えば、の代表格。かの有名な清水寺だ。

平日なのに、敷地内は大勢のひとで埋め尽くされていた。

外国からの観光客も目立つ。

「羽島先生、高いところは平気？」

有名な『清水の舞台』にのぼる前に、暮井さんに尋ねられた。

「得意ではないですが、一応、平気かと」

「あら、そう。だったら覚悟しておいた方がいいわよ。けっこう怖いから」

そんな、大げさな――と思っていたが、実際にその場に立ってみて、納得した。

……確かに、怖い。

景色はめちゃくちゃいいが、その分、柵以外に余計なものが一切ない。

風に吹かれて落ちてしまったら、まず助からないだろう。

俺と暮井さんが二人でこの場所に来るのは、事前の打ち合わせで決めていたことだ。

俺たちは『清水の舞台』に立ち、生徒たちの行動に目を光らせる。

ひとが多いので無茶をする生徒はいないが、万が一、というのもある。はしゃいでふざけないか。監視の目というわけだ。

二人で見ていたせいか、生徒たちは概ね、行儀よくしていたように思う。

写真を撮ろうとして「無理！　やっぱり怖い！」と笑い合う程度のことはあったが、特に問題はなかった。写真は代わりに俺が持っているカメラで撮影したので、あとで見せてやろうと思う。

桐原の班は、最後に舞台へ出てきた。

（……ん？）

別の生徒を見ている最中、ふと視線を感じて桐原の方を見る。

桐原は、なんだかねっとり、湿っぽい感じで俺に視線を送ってきていた。

表向きは変わってないが……優等生モードではなく、悪い子モードの桐原だ。

この状況には既視感がある。文化祭で執事長に扮したとき、あんな目で見られていた。

なんだろうな。服装は出発したときから特に変えていない。

普段と違うことと言えば、カメラを持っていることくらいだと思うんだが。

同じ班の生徒は飽きてもう移動し始めているのに、桐原はちらちらとこっちを見て、なかなか移動しない。

……本当に、なんだ？

「羽島先生、カメラ貸して」

困惑していると、暮井さんが近くに寄ってきていた。暮井さんは桐原に目配せをする。桐原はパッと笑って、駆け寄ってきた。

「はい、並ぶ。急ぐ」

短く、命令調で告げた暮井さんに従う。

手早く撮影すると、暮井さんは何も言わずにカメラを返して、先に移動した生徒たちを追いかけていく。

「……一緒に、写真を撮りたかったのか？」

「うん。ごめんね。……本当は、地主神社とか、音羽の滝とか、一緒に行きたいところだけど」

「ん？　桐原、寺とか神社に興味があるのか？　意外だな」

一瞬だけ、きょとんとしたあと、桐原は「違う違う」と笑う。

そして、小声で囁く。

「いま言ったの、全部、恋愛成就にご利益のある場所だよ」

「……なるほど」

修学旅行の資料、清水寺の欄には『世界遺産に指定されている』『歴史的にも非常に価値が高い』といった情報しか書いていなかったから、まったく知らなかった。

「行けないのはわかってたから、せめて、有名な場所で写真は撮りたいなって思ってたの」

桐原は下を向いて、恥じ入るように指を組んでいる。

「……そういうのは、またいずれな。あとで、暮井さんにお礼を言っておく」

「うん……ごめんなさい」

「いいよ」

噂が流れている中で軽率だとは思うんだが、この『重さ』も桐原の魅力だからしょうがない。

――だが、困ったのはここからだ。

暮井さんと他の生徒たちから遅れているのに、人混みに巻き込まれて、列がゆっくりとしか動かない。

「……参ったな」

「ですね」

桐原は優等生モードに戻っている。——と見せかけて、人混みで隠れているのを良いことに、そっと指を絡めてきている。

「危ないぞ」

釘を刺すと、そっと指が離れた。

顔にはまったく変化がないのが、不謹慎ながら少しおもしろい。

「何をやっているんだろうな、俺たちは」

「そうですね。でも、これはこれで、少し楽しいですよ」

「違いない……っと」

隣を歩いていたひとが強引に前に出ようとしたせいで、俺が桐原の方へ押し出される。自然と、俺たちは密着する形になってしまった。

……恋愛成就の神様は、サービス旺盛らしい。

桐原は少し窮屈そうにしながら、でも、確実に微笑んでいた。

その後は、ひとの流れにうまく乗ることができて、無事に人混みを抜けることができた。

先に下りていた生徒たちの姿も見えて一安心だ。桐原と同じ班の生徒が手を振っていたので、二人で近付いていく。

「ごめんなさい、遅くなって。他のみんなは揃ってる？」

「ううん。小林さんがまだなの」

え、と桐原が驚き、俺と顔を見合わせる。……暮井さんが写真を撮ってくれる前に、小林が先へ行くのを見た記憶がある。

もしかして、うまく下りて来られなかったのか？

「俺、ちょっと見てくるよ」

溝口先生に電話で報告してから行けば、問題ないだろう。

「大丈夫ですよ、羽島先生」

声がした方へ振り返ると、溝口先生が立っていた。小林も一緒だ。

「ご、ごめんなさい」と小林が気まずそうに謝る。

「はぐれた上に道がわからず、立往生していたようです。うまく拾えて、よかったです」

「前の方に羽島先生と桐原さんが見えて、なんとかついていけました……」

「そうでしたか。無事でよかったです」

溝口先生と小林の説明に返事をしながら、俺は内心、肝を冷やす。

妙なところを、見られていないといいんだけど——。

「……やっぱり、ちゃんと班で行動した方がいいね。私も遅れていたから、気を付けます」

桐原が謝り、小林も続く。

他の生徒たちは「いえいえー」と気にした素振りはなく、観光に戻る。

ふぅ、と溝口先生が吐息をつく。

「近年、外国からの観光客が増えていると聞いてましたが、想像以上ですな」

「……ええ」

「どうされました、羽島先生」

「いえ、少し疲れただけです」

溝口先生の口振りからは、変わった様子はない。

気にし過ぎるのも逆におかしいだろう。

ヒヤリとしたことは忘れて、仕事に集中することにした。

日暮れ前に生徒たちと移動を繰り返し、宿へ無事に到着した。

古き良き和風宿の雰囲気が漂う、好感が持てる装いだ。

入り口には『森瓦学園ご一行様』の文字が書かれた黒板が用意されている。これがいわゆる黒板アート的なもので、文字も立体的で彩りがあり、鳥居などのイラストめいたものも添えられている力作だった。

生徒たちからすれば、絶好のフォトスポットになる。

こういう気遣いは、嬉しいものだ。俺も一緒に写真を撮ってもらった。

宿に入ったあとは、生徒たちを速やかに部屋へ移動させて、夕飯に備えさせる。

移動中に何かと気を遣っていた教師陣も、ここでようやく一段落だ。

というのも、森瓦学園は私立なので、お金の使い方は基本的に理事長と理事会に委ねられている。修学旅行は生徒たちにとっては楽しいイベントだが、教員にとっては重労働だ。

そこで『少しでもその負担を軽減できるように』の精神で、なんと、俺たちには個室が割り当てられている。

待機している必要はあるが、生徒たちの間でトラブルがなければ、ゆったり過ごせるというわけだ。夕食前の一時間は、全員で休憩時間。一息入れられる。

「……今も、夕飯後も、入浴後も、お酒を飲めないのは残念です」

しゅん、となる溝口先生は蜂蜜を取り上げられた熊のようで、少し可愛い。

暮井さん、引率で来ている他の先生たちとも一旦解散。個室に入る。

けっして広くはないが、畳の香りが安らぐ、清潔感のある良い部屋だ。

早朝から気を張っていて疲れを感じてはいたけど、横になると起き上がられなくなりそうなので、お茶を飲みつつ、撮影した写真を見ながらのんびり過ごした。

少し早めに食堂に移動すると、既に食事の用意が進んでいた。

「……うまそうだな」

なんというか、普通に旅館の食事だ。至れり尽くせり、羨ましい修学旅行だ。


食事が済んだあとは入浴が待っている。

例によって、俺たち教員は入り口で生徒たちの監視兼案内役だ。大浴場へ続く通路の途中で、しばらく立ち続けなければいけない。

学校関係者の貸し切りタイムが設けられているが、生徒たち全員となると、長湯をしている余裕はない。

俺基準で考えると十分な時間だけど、女子生徒の中には厳しい子もいるみたいで、慌ただしく出てくる姿もちらほら見かけた。

生徒たちは部屋で浴衣に着替えている。眺めているだけで、なかなか風情があった。

……そういえば、地味を装う桐原はどうやって風呂に入るんだろう。

服と眼鏡がないと、あの身体と美貌を隠し通すのは難しそうだ。

眼鏡は「知らない場所で外すと怖いから」とか言って中に持ち込みそうだけど、服は無理だろう。

学生生活も残り少ないし、ついに情報解禁か？

「……いやぁ、本当にびっくりした」

考えていたところで、ちょうど桐原たちの班が大浴場から出てきた。

「ね……」

「桐原さん、おっきぃ……」

何が、とは言っていないが、雰囲気でわかる。予想が当たったらしい。

女子に囲まれている桐原は困ったように照れ笑いしていた。

髪の毛は野暮ったく、後ろでひとつに束ねている。

「あまり言わないで。恥ずかしいから……」

「……代わりに、今度ちょっと触っていい？」

「だめ。セクハラです。好きなひとにしか触らせないって決めているの。……触ってもらったこと、まだないけど」

「え～っ、そこをなんとか～っ！」

嘘と真実を織り交ぜて、また上手い具合にキャラを作っていた。

「あ、先生だ。お先でーす」

別の生徒が手を振って去っていく中、桐原も微笑みながら会釈していく。

と、むくれてしまいそうだ。忘れないようにしよう。

今度『綺麗で大きな胸を独占できて嬉しいです。ありがとうございます』と言っておかない

――くそ、確信犯だな。俺が聞いているのがわかって、あんなことを言ったに違いない。

生徒と教員、全員のバスタイムが済んだあとは、班長会議の時間が設けられている。

実施場所はホテルが用意してくれた会議室だ。

生徒たちの仕切りで今日の反省点、明日の予定、これからの部屋での過ごし方を確認する。

俺たち教師陣は、基本的には黙ってそれを見ている。

この先、トラブルが起きなければ、本日最後の仕事になる。

どこの班も、俺と桐原が遅れた程度のヒヤリはあったものの、大きなトラブルには至らなかったようだ。

他校と揉めたり、騒いで注意されることもなかったので、会議自体も和やかな雰囲気で進む。

「――というわけで、特に問題ないです。俺、東の不参加未遂がハイライトでした。以上です！」

東の軽口に生徒だけでなく、教員からも笑いが漏れた。

不意打ちにやられて笑ってしまっていた溝口先生が「いかんいかん」といった様子で、大き

く咳払いする。

「では、解散。くれぐれも一般の方々に迷惑を掛けないように」

溝口先生の締めが済むと、生徒たちは嬉しそうに部屋を出て行く。「先生方もお疲れ様でした」と言い合っているところに「あの」と桐原が申し訳なさそうに言葉を挟んでくる。

「私、校長先生から修学旅行の思い出をまとめるように言われているんですけど、忘れないうちに、先生方と相談しながら大枠だけ作成できないでしょうか？」

ん？　と溝口先生が顔を傾げる。

「校長から——あっ、来年の学園パンフレットに掲載する？」

「そうです。生徒代表で、ぜひ私に、と」

生徒会長は、修学旅行でも仕事を押し付けられて大変だ。

「そういうことでしたら、自分がやります。桐原は、受け持ちの生徒ですし」

「そうですな。羽島先生、よろしくお願いします。この部屋はあと一時間ほど借りて良い、と聞いております」

「わかりました」

というわけで、思わぬ形で桐原と二人きりになった。

誰もいなくなったあと、尋ねる。

「……ひょっとして、狙ってたか？」

「ちょっとね。ふふふ」

「でも、鍵を借りてないから、密会はできないぞ」

「わかってるよ。ただ、ちょっと二人きりになれたら嬉しいな、くらいのアレ」

さすがの悪い子桐原でも、修学旅行中に無理な密会は計画していなかったようだ。

そして、校長からパンフレットに掲載する原稿の執筆を頼まれているのも、嘘ではない。

新幹線に乗り、京都の寺・神社を巡り、クラスメイトと楽しく過ごしたことを、学校の宣伝になりそうな感じで桐原は上手にまとめていく。

俺の助けなんて最初からいらなかったはずだ。本当に、ただ喋りたかっただけなんだろう。

「今日、楽しかったよね」

「楽しかったけど、少し疲れたよ」

「私も、かな。でも、旅行ってそういうものだって柚香さんが出発前に言ってたよ」

「……あいつは、友達とあちこち飛び回ってたからな。そういえば、大きいって評判になった胸は触られずに済んだのか？」

「もちろん。お安くないんだから」

「……顔は、眼鏡を掛けたまま入って、ごまかした？」

「うん。目立ちたくないもん」

言っている間も、桐原はさらさらと文章を書き連ねていく。

少し話しながらだと作業が進むのは、相変わらずのようだ。

楽しそうにしていた桐原だったけど、ふと、重い感じで切り出してきた。

「……昔の話なんだけどさ、私、中学のとき、修学旅行に行くのが嫌でしょうがなかったんだ」

「どうして？」

「あのころは、母親と毎日喧嘩ばかりして最悪だったから。学校ではイイ子にしてたけど、今ほど上手に立ち回れてなかったから、学校自体もあまり楽しくなかったんだ。……本当はね、修学旅行中に、私のことを誰も知らない街の中へ消えていっちゃおうかなって思ってた」

「…………」

「あれ、笑わないの？」

「だってそれ、本当だったんだろ？」

「……うん。わりと、本気だった。煙みたいに街に溶けて、消えちゃうの」

「で、今日も一瞬だけ、同じことを考えた？」

調子よく動いていた桐原の手が止まる。俺の方へ目を向けてきた。

「どうしてわかったの？」

「なんでこんな話を始めたか、を考えて、なんとなく」

「……怖いなぁ。銀には、隠し事ができそうにないや。すぐバレちゃいそう」

桐原はペンを置いて、苦笑交じりに話し出す。

「人混みで手を繋いだときに、ちょっと妄想しちゃったよね。……このまま、駆け落ちしちゃえたら幸せなんじゃないかなぁ、って」

ちらり、と桐原は上目遣いで俺の返事を求めてくる。

相変わらずの重さだなぁ……こちらも苦笑を交ぜながら、返事をする。

「それが桐原の幸せになるなら検討したけど、どう転んでもならなさそうだから、やらない」

「だよねー。先生なら、そう言うと思ったー」

「だから、中学のときも中止したんだろう？」

「うん。……仮にやってもさ、母親はたぶん、なんとも思わないだろうからね。『馬鹿なことをして気を引こうとするのは止めなさい』って言うか、むしろ、連れ戻されたあとに『根性がないわね。私はあなたと同じことをして、しっかり逃げ切って親元を離れたわよ』ってあおられるか――どっちかだと思うし」

前者よりも、後者の方があり得そうだ。

二者面談で少し話しただけだが、桐原の母親――桐原美夜子は、普通のひとではなかった。

少なくとも。桐原が望むような反応はしないだろう。

「バレずに一年過ごせば、一年我慢すれば、甘えたい放題だしね。そっちの方が健全だし、勝ち目がありそうだよ。それに、今回の修学旅行は普通に楽しかったんだ。銀がいてくれたおかげ。クラスを、いい雰囲気でまとめてくれてるからだと思う。……全部、銀のおかげなんだ。ありがとね」

「そう思ってくれてるなら、何よりだ」

「ほんとは、寂しいときもあるけど。今も本当は、押し倒してキスしたい」

「俺が襲われる側なんだな」

「私は、銀が相手ならどっちでも燃えるよ？」

小声だが、際どい会話だ。

俺が応じないのを見て、桐原も切り上げる。

「原稿、書き終わったよ。一応見てもらえる？」

「ん～……」

ざっと目を通すが、非の打ち所がない。

というか、大枠を組むって言ってたのに、もうほぼ完成していた。

「このまま出してもいいんじゃないか？」

「うん。そのつもりで書いた。先生と話してるとやっぱり進みが早いよね。付き合ってくれてありがとう」

「どういたしまして。……それじゃあ、名残惜しいけど、出るか」

帰り支度を始めていると、ちょいちょい、と桐原が浴衣の袖を引っ張ってきた。

楽しそうに微笑みながら、背伸びして囁いてくる。

「駆け落ち、本当にしちゃう？」

どうも、妄想を抑え切れないようだ。桐原らしいと言えば、桐原らしいか。

「高性能なVR体験ゲームがあったら、そういう疑似体験もしてみたいところだけどな」

「あはは。確かに。……ありがとね」

「いいや、こちらこそ。……いつも、好きなひとにしか触ることができない、桐原の綺麗で大きな胸を独占させてもらえるだけで、十分幸せだよ」

虚を衝かれたのか、桐原が止まる。

でも、すぐに「んふふ」と微笑んだ。

「来年は触りたい放題、触られたい放題、だね」

「楽しみにしておくよ。そろそろ行くぞ」

桐原を伴って部屋を出る。

通路を歩いて、ロビーに出て、生徒たちが寝泊まりする二階の方へ桐原を送っていく。

教師陣は三階の部屋だから、ここでお別れだ。

「それじゃあ、ごゆっくり」

「はい。先生も」

桐原は踊り場から通路へ。

俺は、階段を上がっていく。

数歩上ったところで、「きゃあっ!?」と悲鳴が聞こえた。

「っ、どうした！」

階段を駆け下りて通路へ走る。

すぐに床に尻もちをついている桐原と、浴衣を着た中年の男性客が見えた。

ひどく動揺している。

「すまん！　お嬢さん、大丈夫やろうか……？」

おろおろしている男性は近寄る俺を見て、より困惑を深める。

「失礼します。私は教員です。この子、修学旅行中でして……」

こちらの事情を察したらしい男性は、「あ、あぁ」と頷き、状況を説明してくれた。

「申し訳ない。私の不注意でぶつかってしもうて――そんなに強く当たってないとは思うんやけど……た、立てるか？」

「桐原、無事か？」

そばに膝をついて、桐原の状態を確認する。

「だ、大丈夫です……」

声は帰ってきたが、どうも気分が悪そうだ。

……というか、さっきから気になっていたんだけど、この臭いは――。

「ほんまにすまん！　ちょうど蓋を開けたところにぶつかってしもうてっ！」

通路の端に、ワンカップ酒の蓋が転がっていた。桐原の前髪が濡れて、胸元も濡れてしまっている。たぶん、衝突したときに運悪く被ってしまったのだろう。

「お気遣いさせてしまってすみません。あとは、私が見ますから――」

「あ、ありがとうございますぅ……。ほんま、堪忍なぁ……」

関西訛りの男性は終始、申し訳なさそうに去っていった。

気配が消えると、桐原が「う〜……」と唸り始めた。

「せんせぇ……気持ち悪いよぅ……」

「災難だったな……」

濡れ具合を見るに、思い切り被ってしまっているようだ。

「すぐ風呂、行ってこい」

「でも、時間……」

「……あ」

そうだった。

学生たちの入浴時間は済んでいる。

ホテルに交渉すれば、入れてもらうことはできるだろうけど……。

「立てるか？」

「うん……なんとか……」

軽いショック状態なのか、立ち上がる動作も頼りない。

この状態で、ひとりで大浴場に行かせるのも不安が残る。

教師の部屋は、トイレ付きのユニットバスだから、そっちなら入れられる。

だけど、さすがに俺の部屋に桐原を連れ込むのはまずい。

あれこれ考えた結果、あのひとを頼ることにした。

暮井さんだ。

「桐原、立てるか？　ちょっとだけがんばってくれ」

身体を支えながら、階段を経由して三階へ移動する。

幸いなことに、ノックをすると暮井さんはすぐに出てきてくれた。

「羽島先生？　どうしたの？」

「じ、実は、桐原が大変で――」

事情を説明すると、暮井さんはすぐに俺たちを部屋に招いてくれた。

「桐原さんのシャワーに付き添うから、フロントで替えの浴衣を貰って来てくれる？」

「はい！」

暮井さんに桐原を任せて、大急ぎでフロントへ向かう。

替えの浴衣を受け取ったあとも、やはり駆け足で部屋に戻る。

ノックをしたけど、今度は出てくるまで少し時間が掛かった。

「ちょうど今、あがるところよ。着替えさせたら呼ぶから、待っていてちょうだい」

ドアの前で、居心地の悪い時間を過ごす。

実際にはほとんど待っていないはずなのに、やけに時間が掛かっているように感じた。

「お待たせ。入って」

お邪魔します、と一声掛けてから部屋に入る。

布団の上で、桐原が仰向けに寝かされていた。

気分はまだ悪いようで、「うぅ〜」と苦しそうに呻いている。

「怪我はしていないんだけど、口からも少し飲んじゃったし、鼻にも少し入ってしまったみたい。気分が優れないのは、そのせいね。休んでいれば良くなるんじゃないかしら」

「……ありがとうございます」

「どういたしまして。ほら、桐原さん。羽島先生が戻ってきたわよ」

暮井さんの声に反応した桐原が身体を起こそうとするが、途中で力尽きる。

そばに寄ると、瞳を潤ませながら「銀……」と呟いてきた。

気分が悪いせいなのか、酔いのせいなのかわからないけど、頬も軽く上気している。

「桐原さん、動けるようになるまで少し休んでいきなさい。部屋、何号室だっけ？」

「あ、俺がわかります」

部屋番号を伝えると、暮井さんは内線で桐原の班に連絡。「具合がよくなるまで私の部屋で休ませる」と連絡してくれた。

「何から何まで、すみません……」

「気にしないで。仕事だから。それに、修学旅行のトラブルの中では全然軽い方よ」

「……確かに。他校の生徒と揉めるよりは軽いですね」

「でしょう？」

ふふっ、と暮井さんは楽しそうに笑う。

桐原は心細いのか、俺の服を摑んで放さない。

それに気付いたらしい暮井さんは、ちらりと腕時計を確認する。

「……私、ちょっとその辺をブラついてくるわ。羽島先生、付き添ってあげなさいな」

「えっ。俺が？」

「その方が桐原さん、安心するでしょう」

「でも、具合が悪くなったら――」

「ちょっとお酒を被ったくらい、どうってことないでしょう。強いか弱いかは個人によるけど。せっかくだから、いてあげなさいな」

「………………」

「何？」

「いや、なんだか、清水寺の写真撮影といい、やけにサービスが良いなと……」

どちらかと言えば、暮井さんからは「節度を持ちなさい」と釘を刺されることの方が多い。

何か、理由があるのだろうか？

「まぁ、そうねぇ……少し甘いかなぁ、とは思うし、教師としては当然、褒められることでもないんだけど——好きなひととの旅行で浮かれる気持ちは、わかってしまうから」

桐原との関係を暮井さんに見られたのは、温泉街に遠出をしたときだった。

やはり暮井さんもあのとき、あの初老の男性と、一緒にいたのだろうか。

あれ以降、事情を深く訊いていないけど、暮井さんにも色々ありそうな気配は、ずっと前から感じている。

「どうする？」

「……このまま、桐原に付き添います」

「そうしてあげて。一時間くらいで戻るわ。布団のシーツが汚れるようなことはしないでね？私、そこで寝るんだから」

「も、もちろんです」

「信じるわよ。鍵は掛けておく」

暮井さんが出て行ったあとは、再び桐原と二人きりだ。

さっきの部屋とは違い、完全な密室だ。

桐原の顔を覗きながら、そっと頭を撫でてやる。

「……銀？」

ぽつりと呟く声にはまったく力がない。

というより、意識がしっかりしているかどうかも、だいぶ怪しい。

頬が赤く、半目で、表情もぽーっとしている。

「大丈夫か？　ここ、どこかわかるか？」

「うん、平気……ここ、お家、だよね？」

だめだ。全然、大丈夫じゃない。

ひょっとして桐原、俺より酒に弱いのか？

初めて口にしただろうし、年齢的なものもありそうだが、とりあえず今日はだめそうだ。

そんな俺の嘆きに構うことなく、桐原は熱っぽい視線を向けてくる。

……軽くシャワーを浴びた直後でもあるので、ものすごく色っぽい。

年下のくせに。

風呂上がりで眼鏡を外しているから、その美貌を遮るものは何もない。

クラスメイトに内緒にしている姿を、無防備な状態で向けられていることを思い出して、なんだか意識してしまう。

でも、その綺麗な顔が、苦しそうに歪んだ。

「どした？」

「……なんか、暖房の風が気持ち悪い」

あぁ、なるほど。酔っているときは、吐き気を誘うよな……。

俺は思い切って、窓を開くことにした。

隙間ができた瞬間、冷たい空気が一気に部屋へ雪崩れ込む。

そのまま桐原を立たせて、身体を支えながら窓際へ移動させる。

「あっ……気持ちいい……」

「酔っているときは、そうだよな」

なんの自慢にもならないが、酒の失敗は何度も繰り返してきた。

自然と、対処法にも詳しくなる。

「寒くないか？」

「うん……風はつめたいけど、銀がいるから、あったかい」

桐原は思い切り、俺にもたれかかってくる。

「ちょっと窓際から離れるぞ。誰か見てたら、まずい」

言いながら、数歩あとずさる。カーテンも閉めて、はためいて室内が見えないように窓の隙間も絞る。

「……ねぇ、銀」

唇が小さく動き、密着している桐原の手が俺の頰にのぼってくる。

手に力は入っていなかったのに、俺は引っ張られるように顔の位置を桐原へ寄せてしまう。

吸い込まれるような感覚で、唇に封をした。

すぐに舌が伸びてきて、軽く絡め合う。

床に腰を下ろして、しばらくついばみあった。

一度顔を離すと、目の前で、いつも以上に、無邪気に微笑まれた。

「きす、してもらえた。うれしい。しあわせ……」

本当に邪気のない、無垢な呟きだった。

反して、桐原の身体は信じられないくらい扇情的だ。

浴衣の間から伸びている脚を隠すものは何もない。

なまめかしく天井からの光をはね返している。

染みひとつない、本当に綺麗な脚だ。

「ぎん、あし、みたい……？　……いいよ。……できれば、さわってほしいな」

具合が悪くてぼーっとしているのに、桐原は俺の欲望に敏感だ。

座ったまま膝を立てる。浴衣の乱れが深まって、下着が見えた。

桐原にしては珍しく、地味なスポーツショーツだ。そういえば、目立たないよう、修学旅行に向けて買ったとメッセージが来ていた。

……軽く太ももの内側に手を這わせる。

んっ、と桐原が小さく声を上げて、困ったように眉を寄せる。

それだけで息が苦しくなり、頭がクラクラした。

暮井さんに釘を刺されたのに、我慢できる自信がない。

「布団、汚すとまずいんだ。だから、このまま畳の上で――になるけど……いいか？」

「……うん、だいじょうぶ……銀にさわられるなら、どこでだって……うれしいし、しあわせ……いつでも、うれしい……」

現実と夢の境界が曖昧なのか、やはり言葉はふわふわしている。

密着したまま、桐原はすん、と鼻を鳴らして、俺に顔を押し付けてくる。

「銀の、匂い……近くにあるだけで、えっちな気分になるの……」

なんか、すごいことを言われている気がする。

「……いまの、なし。わすれて。さすが、に、ちょっと、はずかしい」

羞恥を笑ってごまかそうとする様子にも、欲望を激しく揺すられた。

桐原を畳みに寝かせて、太ももの内側をくすぐるように触りながら、浴衣の襟をずらす。

下と同じ柄のスポーツブラが見えた。

大きいけど、前にファスナーがついている前開きタイプのものだ。

ジッパーを下ろすと、存在感のある胸がこぼれ出る。

そこで普段との違いに気が付いた。横になっているのにほとんど形が崩れない。保っている。

「……桐原、ひょっとして、生理、近いか？」

「うん？　……うん、そういえば、もうすこし、かも……？」

やっぱり。サイズも違う。いつもより、大きい。

横からすくい上げるように片方の胸を触ると、桐原は心地よさそうに呼吸をして、胸を上下させた。

そのままマッサージをするように、力加減を繊細に確かめながら、そっと触っていく。

昔、ユズに教わった手つきだ。

張っているときは、優しく触ってほしい、と。

「ぎん……」

「痛いか？」

「ううん、ちがうの……すごく、きもちいい……手がひんやりしてて、おちつくの……」

体調不良で保健室に寝ていたときも『触ってほしい』とねだられたけど、今の桐原は、あのときにとても似ている。

「あぅっ……うんン……」

軽く触っているのに呼吸が乱れて、切なそうな声が上がる。

アルコールのせいで、いつもと感じ方が違うのだろうか？

それとも、月経が近いから、なのか？

ひとによっては反応が変わるというのも、ユズから教わった話だ。

「んああっ……どうし、よう……すごく、きもちいい……こわいくらい、きもちいい……」

「被(かぶ)った酒のせいなら、やめておいた方がいいと思うけど……」

「……ちがう、と、おもう……最近、ひとりですること、おおかったから……かんじやすく、なってるだけ、だと……」

突然(とつぜん)の告白に、さすがに手が止まった。

桐原(きりはら)は耳まで真っ赤になる。

「ゆずかさんから、おもちゃ、もらったの……ちょっとためすだけ、と思ったのに、すごく、よくて……最近、ぎんと会えなかったし、生徒会もいそがしかったから、つい……あうっ……」

胸と太ももへの攻(せ)めを再開させると、さっきよりも大きい声と反応が返ってきた。

ユズ、相変わらずだな……でもまぁ、ユズだしな……という気持ちがない交ぜになる。

「……というか、どんなの、貰(もら)ったんだ？」

あまりとんでもないものを渡(わた)しているようなら、ストップをかけたい。

「ちいさいやつ……ピンク色の、かわいいやつ……」

「……なるほど」

不謹慎が服を着て歩いているような奴だが、それなりに節度は持っていたようだ。

「おおきいのもあげようか、って言われたけど、使い過ぎもこわいから、ことわった……」

前言撤回。あいつは、やっぱりだめだ。

「ンッ……はぁ……うぅう……」

俺の方は力加減と触り方を変えていないけど、桐原の反応は徐々に変わってきている。

肌にじっとりと汗をかき、身体をくねらせ、脚を曲げたり伸ばしたり、動作に落ち着きがなくなってきている。

「あっ……」

下着に守られている箇所に手を伸ばすと、驚いたあとに、期待するような、物欲しそうな視線を送ってくる。

かりかり、と指先で刺激してやると、幼女が駄々をこねるように、「やだ」と首を左右に振られた。

「もっと、ちゃんとシて……いたく、ないから」

くすぐるような動きから、軽く押しつぶして、ぐりぐりと筋肉をほぐすような触り方に変えてやる。

はぁっ、と耐えるような息遣いをしたあと、表情が明らかに蕩けた。

「……ぎん、もっと、つよくで、いいんだよ……ぜんぜん、いたくないから。……そもそも、私、いたいのも、別に、嫌いじゃない……」

「……そうなのか？」

「う、ン……あとが残るのは、いやだけど……いじめられると、興奮する……どきどきしちゃうの……」

きゅうっと強く握りこぶしを作り、羞恥に耐えながら続けてくる。

「さっき、ちゃんとシてくれなかったときも、どきどき、してた……」

——桐原が意図して言葉を繋いでいるとは思えない。

だけど、今日の桐原の発言はいつも以上に、俺にとって毒だった。

桐原も我慢していると思うけど、俺だって、桐原に触れたいのを我慢している気持ちがないわけじゃない。

近くなればなるほど、手を出してはいけないと思えば思うほど、桐原が欲しくて堪らなくなるときも、正直ある。

その欲望を満たしたい気持ちが、大きくなり始めていた。

「ぎん？」

「……桐原は、悪い子だな」

「っ！　やぁあっ」

咎める声音で言うと、びくっと大きく反応した。

桐原に覆い被さるような体勢で、顔同士を近付ける。

紅潮しきった桐原の顔を、じっと見つめる。

ふやけている顔を見られるのが恥ずかしかったのか、桐原は顔を背けた。

「こっち、見てほしい」

「………」

顔を背けたまま、潤んだ瞳だけがこちらへ流れてくる。

横目で、怖いものを見るように、でも期待する目で見てくれていた。

下着の中に指を差し入れる。

言い訳のしようがないくらい、ドロドロだ。

濡れた場所に指を軽く這わせると、ひっ、と色の混じった悲鳴が漏れた。

じゅく、と液体がまた溢れ出てくる。

「窓、開いてる。声、我慢、できるな？」

「……がん、ばります。あッ」

胸と違って、少し荒々しく触る。

そうすることに何もためらいが生じないほど、桐原の身体は開き切っていた。

「はっ、ひぅっ、あぅう、あぁぁ……」

「桐原、声。もう少し小さく――」

「だ、だって……」

「じゃあ、やめる」

「や、やだぁ、シてほしい……っ」

桐原は唇をきつく噛んで、無理やり声を消そうとする。

「……わかった。じゃあ、ちょっと待っててくれ」

一度席を外し、洗面台へ移動する。

「ぎん……？　どこ……？」

不安がる桐原の声には答えず、目的のものを手にして、再び桐原のもとへ。

取ってきたのはタオル二枚だ。

上半身を軽く起こしていた桐原は、不思議そうに首を傾げる。

「猿ぐつわする。いいか？」

俺の意図を察した桐原は妖艶に微笑み、情欲に満ちた目で小さく頷いた。

少しきつめに縛ったタオルを、桐原は噛み締める。

「あと、もう一枚はこうする」

言いながら、目隠しもしてやった。

ふぅ、ふぅっ、と桐原の呼吸がかすかに荒くなった。

耳元に口を近付けて、ふっ、と息を吹きかける。んぐっ、と喉を震わせながら桐原が小さく震えた。

「……怖いか？」

ぶんぶん、と勢いよく頭を左右に振られる。

「ドキドキする？」

少し迷ったのか、桐原が止まる。

だけど、観念した様子で、こくん、と頷いた。

背中を支えながら、視界と声を奪われている桐原を優しく寝かす。

そのまま、また下着の中に手と指を差し入れた。

さっきよりも熱がこもっていた。でも、さっきよりも液体まみれだ。汗……だろうか？

「んくっ……んぐゥ……ひ、ん……」

形のいい鼻から歓喜と悲鳴が漏れて、桐原が悶え続ける。

指を出し入れしたり、中をかき乱したり、差し入れた二本の指を、別々に動かしてみたり。

そのたびに桐原はおもしろいように腰を動かして、震え続けた。

だけど、そんな桐原が一番大きく反応を示したのは、指の動きではなかった。

「……桐原、好きだぞ」

「ふんんンンン……っ！」

耳元で囁いた瞬間、桐原の様子が劇的に変わった。

細かく震えて、お腹がへこむ。

「大好きだからな」

びくびくびくっ！　と腰と身体が跳ねる。

その様子に、俺も胸が熱くなった。

「ひん……もう、だ、めぇ……」

タオルを噛みながら、くぐもった声でどうにか限界を告げてきた。

返事の代わりに桐原の弱いところを強く、的確に突く。

桐原の背中が弓なりに反って、布団に落ちて、やっぱり何度も震え続けた。

「んぐっ、あ、あう……」

苦しそうだったので口元のタオルを外してやった。

ついでに目隠しも取る。

今まで見てきた中で、一番余裕のないふにゃふにゃ顔になった桐原が涙混じりに告げてくる。

「……もう、むり」

目を閉じて余韻に浸っていたが、荒くなっていた呼吸が次第に落ちていく。

そのまま、規則正しい寝息に変わっていった。

あどけない表情で、力尽きている。

そんな桐原を見下ろしながら、俺はひとりで、嫌な汗をかいていた。

「……やり過ぎた」

さっきまでノリノリだった反動で、とんでもない後悔が襲い掛かってきた。

「なんで俺は、こんなに堪え性がないんだ……暮井さんにも釘を刺されたのに」

頭を抱えるが、悔やんでも、今さらどうにもならない。

スマホで時間を確認すると、いつの間にやら、暮井さんがもうすぐ戻ってくる時間になっていた。

戻ってくる前に、片付けないと――。

大急ぎで乱れた桐原の服を直して、窓を大きく開き、換気を促す。

使ったタオルを、桐原がシャワーのときに使ったらしいタオルと一緒に置いて、桐原を布団に移動させて、掛け布団も掛ける。

……たぶん、これで大丈夫。

ほっと胸を撫でおろしたところで、部屋にノックの音が響いた。

きっと暮井さんだろう。鍵を開けて出迎える。

――これが、軽率だった。

「えっ？　羽島先生？」

ドアの向こうにいたのは暮井さんではなく、別の女性教師だった。

驚かれた瞬間、自分の間抜けぶりに呆れるが、そんな暇はない。

「どうして羽島先生が、暮井先生の部屋に？」

当然の質問だ。パニックになりかけたが、必死に冷静を装って、怪しまれないように、噛まないように、落ち着いて告げる。

「ちょっと、生徒に――うちの桐原に事故がありまして」

さっき暮井さんにした説明を、もう一度繰り返す。

「まぁっ。それは大変でしたね。桐原さん、大丈夫なんですか？」

「はい。でも、先生が来てくれて助かりました。やはり気分が悪そうなので、少し様子を見てもらえると……」

「わかったわ」

先生と部屋に入り、桐原を任せる。俺は何もしていませんよ、というアピールのためだ。

「寝ているだけ、ですね」

「よかったです。ちなみに、暮井先生は用事があると言っていました。すぐ戻ってくると言っていたのですが――」

そこでタイミングよく、暮井さんが戻ってきてくれた。

暮井さんは別の先生がいることに少し驚いていたけど、特に問題がなかったのを察したのか、普段通りの振る舞いだった。

「羽島先生、桐原さんは私が見ますから、ご自分の部屋で休んでください」

暮井さんにお礼を言って、部屋を出る。

――最近こういうことが多い。

これを最後に、本当に気を付けよう、と固く心に誓った。

＊＊＊

灯佳が修学旅行に出掛けてから、半日が経っている。その間、あたしこと高神柚香は当然、家にひとりきりだ。一緒に暮らすようになって、丸一日以上ひとりなのは久々だ。

普段、手が届かないところの家事を済ませたあと、やることと言えば当然――

「んぅっ、銀、……銀〜……」

あたしは元気に、この間、通販で届いた玩具の品定めに勤しんでいた。

企業の努力で日進月歩――なんだけど、人間の身体はひとそれぞれ。同じ身体、感覚の持ち主は誰もいない。

どれだけレビューの評価が高くても、自分の身体に合うかは使ってみないとわからない。

だから、たくさん買って、色々使ってみて、お気に入りを探す。

「んんっ……くっ……あっ……」

小刻みな動きが心地よく――は、あるんだけど。

「うーん……なんか、違う」

残念ながら、今まで良かった子たちを超えるには至らない。

気が付けば、いま試したので今回のお試しは最後だ。

人間と同じで、良い出会いはなかなか訪れないものだ。

唯一、チョットイイナ、と思えたのは電動のヤツじゃなくて、指につけるビニールキャップ？　的なヤツ？

ざらざらした凹凸がたくさんついていて、撫でると独特な感触がして、とても良かった。

「銀が着けたら、どんな女の子もコロリだろうな～」

最初はガチガチ・バキバキの童貞だったのに、すごく飲み込みが早かった。

少し教えただけなのに、あっという間にひんひん鳴かされるのはあたしの方になった。

銀はいっつも否定するけど、あたしが目覚めさせたのは怪物だ。

おまけに、普段は優男風なのに、濡れ場ではけっこうオラオラ系になったりするのがまたたまらない。あれは天然の女たらしだ。

ご無沙汰な今、この玩具を着けた指で触られたり、着けた指で、中を弄られたら――

あぁ、だめだ。

想像したら、我慢できなくなった。

ここは、真打に登場してもらおう。

今回、通販で仕入れた玩具の中に、あたしのお気に入りの型番のヤツがある。

チョット大きめサイズの、棒状のヤツ。

電動式で便利な機能も色々付いているんだけど、そういうのはどうでもいい。

決め手は、形だ。

「……銀に入れてもらったときと同じところに、ちょうど、当たるんだよね……」

言ってて、ちょっと恥ずかしくなる。

本当にあたしってば、超絶銀依存症。

「あ、いっ……ぎ、ん……」

しばらく、懐かしい感触に没頭する。

これに体温が通っていたら、もっと良かったのに。


「あ～……つかれた」

ついつい、手が震えて、全身に力が入らなくなるくらいシてしまった。

ここまで来ると、エッチなことが好きなあたしでも、さすがに自己嫌悪タイムに入る。

というか、最近ちょっと、ハマり過ぎだ。

一人暮らしのときは定期的にシていたけど、元カレと住んでいたときは、帰宅時間が似たり寄ったりだったから、ひとりでする暇が全然なかった。

銀の家で、銀がいないときに再開したのをきっかけに、ちょっとのめり込んだ。

パートナーとする本番が、かけがえのない行為であることは間違いないんだけど、ひとりでする行為にも良さはある。

なんと言っても手軽で、気楽で、気持ちがいい。

どれだけ相性が良くても、二人でするのは相手を気遣う必要がある。

もっとも、銀とはそんなことが必要ないくらい、本当に相性が良かったし——気を遣うとか、そんな余裕が持てないくらい、乱れさせてくれたんだけど……。

「あ〜、やめやめやめやめ。これ以上考えると、せっかく気持ちよくなってたのが腐り始める」

とはいえ、やることはない。

灯佳がいない間にやっておこうと思ったことは、全て終わった。

シーツやキッチンマットといった大物の洗濯。トイレ掃除。洗濯槽のカビ退治。浴室の排水口掃除。雑巾がけに掃除機に窓拭き。

ぜーんぶ、終わってしまった。

冷蔵庫の中にも、灯佳が帰ってきてから数日は困らないくらい、おかずのストックがぎゅうぎゅう詰めに入っている。

我ながら、少し気合いを入れ過ぎてしまった。

普段、灯佳がゲームをするのをためらわないよう、あまり手を付けていないテレビも特に見たい番組はない。

「また、シちゃう……？」

だけど、灯佳が学校に行っている間におひとり様タイムはたくさんあるので、空き時間にデキる行為に大きな価値はない。

「……もう夕方だけど、思い切って外食がてら、買い物でも行くかなぁ」

本当なら就活をしなければいけないんだけど、あまり進捗はよろしくないし、気も向かない。

うーんうーん、あれでもこれでもない、どうしたもんかな～、せっかくの夜おひとりさまタイムなのになぁ……と唸っていると、チャイムが鳴ってしまった。

何かオンラインショッピングをした記憶はない。

灯佳から、留守番中は面倒なら出なくていい、と言われている。

何か頼んでいるなら事前に言う子だから、宅配便とは考えにくい。

……服の乱れは直してるから出れないことはないけど、めんどい。

パスしよう。

と思ってたんだけど、チャイムは間隔を置いて二度、三度と続く。

セールスだとしたら、ずいぶん諦めが悪いか、熱心なひとだ。

なんて思っていたら、予想もしなかった音が聞こえてきた。

がちゃり、と鍵を差し込む音。

さらには、ドアを開く音。

「え、え、え？」

さすがのあたしも慌てて、廊下をダッシュ。玄関へ急行。

そして、知らないスーツ姿のおばさん……いや、若い……？

わかんないけど、とにかく女性と鉢合わせた。

向こうは目を丸くしたあと、冷徹な無表情になって、さっと自分の鞄の中に手を入れた。

出てきたのは、見るからにテンプレートなスタンガンだ。映画とかでみるようなヤツ。

飛び出た金属部分がバチバチいって、火花が——ってヤバイじゃん！

「わ、ちょ、ちょちょ」

「どちら様かしら？」

「いや、あの、それはこっちの台詞でーっ！」

「ふざけたことを言うのね。ここの家には、私の娘が住んでいるはずなのだけれど。不審者はどっち？」

うちの娘。灯佳。家主。

おばさんだけど若く見える。美人。

スタンガンが発する火花めいた光が、それこそ電流みたいに流れて閃きに直結する。

……そういうことかーっ！

「ごめんなさい！　あたし、怪しい者じゃないです！　って言ってもお母様からしたら絶対信用できないと思うんですけど、信用してください！　ちゃんと灯佳の許可を貰って留守番してるんです！」

両手を上げて壁に後ずさり。背中をつけた状態で叫び終えると、灯佳ママは顔をしかめた。

「留守番？　聞いていないけれど」

「そ、それは、あたしに言われても……ご両親に言わなくていいの？　って言ったら、自分から説明しておくからいい、と言われてた、わけでして……」

「…………」

あ。なんか迷ってる？

……それとも、考え込んでる？

もしくは、ひょっとして傷付いてる？

向こうの顔をまじまじと見つめる。言われてみれば、確かに灯佳の面影がある。

けれど、表情の奥にあるはずの感情が、どうも見えにくい。

超やり手の営業マンによく似た雰囲気がある。

たぶん底をなかなか見せないタイプだ。

こういう人種は、はっきり言って苦手。ユズちゃんピンチ。大ピンチ。

「……そこから、動かないように」

灯佳ママは靴を脱ぎ捨て、あたしに目もくれず、つかつかとあたしが借りている部屋の方へ歩いていった。

かと思えば、すぐに戻ってきた。

「部屋に私物があるということは、少なくとも留守に押し入った小悪党ではなさそうね。さっきまで、ずいぶんくつろいでいたようで」

「ん？　あ、あーっ……」

玩具の話か。見られちゃった。

まぁ、別にいいけど。

……いや、居候させてもらっている娘の親、言うなればラスボスに『なんだこいつ』って思われると、ぜーんぜん良くないな。

「安心なさい。大人の嗜みのひとつよ、あんなの」

「そ、そうですか～……理解力のある親御様で、助かりますぅ～……」

受付業務で培ったヨイショ砲だ。ふっ、と灯佳ママはクールに笑った。

つくづく絵になる美人だな、このひと。

「それで、灯佳は？　すぐに帰ってくるの？」

「え？　えと、明後日の予定、のはずですけど」

「……あの子、最近この家にいないの？　男の家にでも転がり込んだ？」

「いやいやいや、そうじゃなくって。修学旅行ですよ？」

「…………」

あ、またさっきの顔。考え込んでいるような、迷っているような。

「……そう。それは、知らなかった」

「え」

……。

……あれ、本気でこのひと、傷付いてる？　あたし、無自覚に地雷踏んだ？

ワケアリだとは聞いていたけど、まさか修学旅行の予定まで伝えてないとか、さすがに思わないっすよ……。

とても気まずい沈黙が流れる。

でも、いつまで経っても灯佳ママは考え込んだままなので、耐え切れず、言ってみた。

「とりあえず……お茶でも淹れましょうか？」

というわけで、貴重なおひとりさまの夕方は、灯佳ママとのお茶会になった。

灯佳ママは食卓について、あたしはキッチンでお茶の準備をしている。

苦し紛れに提案したお茶会だったけど、『実は超ファインプレーだったのでは』とあたしは思い始めていた。

というのも、お茶を淹れている間に、あたしは状況整理をして、作戦をじっくり考えられる。

灯佳と灯佳ママの関係がワケアリなのは、既に聞いている。

――今、あたしはどちらの味方につくべきか。

親子と言っても人間同士だ。親子だからこそ、色々あるケースもある。

本来なら、どちらかに肩入れすべきではない。

けれど、今のあたしは居候の身……そして、灯佳は、この場にいない。

ここで灯佳ママの機嫌を損ねると、大変まずい。最悪の場合、追い出されるだろう。

誰だってそうする。

あたしだって、逆の立場だったら、絶対そうする。

うん、仕方ない。

灯佳のことは嫌いじゃないよ。

これから一緒に住んでいく上でも、できるだけ仲良くしたいし、本人がいない場でこそこそ裏切るのは本意ではない。

でも――背に腹は代えられない。

ごめん、灯佳。とりあえずは、この場を乗り切らせて……っ！

「お茶、入りました～。どうぞーっ」

会社の新人研修で褒められた営業スマイルと共に、淹れたてほやほやのお茶を差し出す。

灯佳ママは「どうも」とだけ言って、あたしが座るのを待つ。

落ち着いて正面から見ると、ますます美人だ。背中もピンと伸びて、姿勢に隙がない。

こういうタイプ、本当に苦手なんだよな～……。

上品な仕草でお茶に軽く口を付けた灯佳ママは、あら？　と目を見張る。

「このお茶、美味しいわね。紅茶？」

「ですです。最近、灯佳……ちゃんが、すごく気に入っているお茶で」

「へぇっ……」

あ、これも知らなかったクチか。やりにくいよぉっ！

「最後にあの子とお茶をしたのは、いつだったかしらね」

「……ご無沙汰でありますか？」

「そうねぇ。仕事が忙しくて」

「な、なるほど～大変なんですねぇ～」

「おかげさまでね。暇よりいいわ」

「そういう話は、よく聞きますよね～」

「…………」

「…………」

「…………」

……だめだ。気まずい。

「あの、お仕事は、何を？」

「会社の代表取締役」

「お、おぉ～。どういった会社で？」

「芸能事務所」

「は、ははぁ。それは、また、気苦労が多そうな……」

「あら、そんなに年老いた風に見える？」

「い、いえいえ！　そういうことではなく！　むしろ、とてもお綺麗かと！　最初、ちょっとだけ年上くらいなんじゃないか、って思ってしまったくらいで……でも、灯佳ちゃんのお母様なら、もっと、目上な方なわけで……聞いて、びっくりしました」

「そう。若く見られるのは、悪くないわね」

なるほど。このひとは灯佳と違って、美人であることを隠さず、誇りに思うタイプだ。

あたしと同じ、美容オタクの匂いがする。

というか……あれ？　うーん？

「何かしら？」

質問されても構わず、黙ってじーっと見つめる。

芸能事務所の社長。美人。……というか、このひと、見たことある？

「……んんんー？」

あたしは手をかざして、灯佳ママの口元を隠してみる。目元に集中して数秒。

「……加月美夜子、サン？」

あら、と意外そうに灯佳ママは呟きをこぼした。

「その名前で呼ばれるのは久々ね。それも、あなたみたいな若い子に」

「え、本当に？」

「加月は私の旧姓よ」

「わーっ！　まさかの！　あたし、小さいころにドラマ見てました！　格闘少女マスク・捨て猫ミーコ！　ヤンキー少女が借金苦から立ち上がるために格闘技で世界を目指す！　ミーコに憧れて空手を習い始めたんですよ～」

「よくわかったわね。あの役、マスクを被っている時間の方が多かったのに」

「録画して何回も見ましたから！」

「そう。光栄だわ」

「こちらもです！　会えて嬉しいです！」

本心が見えにくいひとだけど、やっぱりどんな人間でも、褒められて悪い気はしないらしい。

さっきよりも少し、硬さが取れたように思う。

……ちなみに、ファンだったのは嘘じゃない。

正直、ちょっとテンション上がってる。

「女優業は、もう引退しちゃったんですか？」

「ずいぶん前に。今は、使う側に回っているわ」

「なるほどなるほど。それで、社長を。……若い女優さんたちを、たくさん？」

「面倒見ているわね」

「……それなら、灯佳ちゃんともうまくやれそうですけど、難しい……んでしょうか？」

「うまくは、いってないわね」

「そ、そうですか～。まぁ、灯佳ちゃん、あれでいてけっこう、気難しいですもんね～……」

これは、あたしの勝負手だ。

持論だけど、人間大なり小なり、気難しいところは絶対にある。

灯佳の場合、それが母親に対して強く出ている可能性が高いと見た。

「あの子、外では、わりとお利口サンしてると聞いたけど、あなたには違うのかしら？」

「いえ、イイ子ですよ！　頭もいいですし、学校では人当たりいいですし、加えて、お母様に似て美人ですし……ただ、内弁慶なところ、あるでしょう？」

これも、誰だってそうだ。灯佳にだけ当てはまることじゃない。

「確かに。家では、なかなか激しいわね」

「ですよね～。……お茶の話も、お母様からは誘ったりしているのでは？　ただ、灯佳ちゃんが絶対に付き合ってくれない、とか？」

「………」

灯佳ママは、じっとあたしを見つめてきた。

「……あの？」

「なんでもないわ。なんの話だったかしら。……あぁ、お茶の話ね。灯佳を誘っても断られる。そうとも言えるわね。この間、ケーキを買ってきたんだけど、投げ捨てられたし」

「え？　灯佳ちゃんが？　そんなことを？」

「ええ」

一瞬、思考が停止する。……「そ」と口から言葉が漏れて、灯佳ママが「そ？」と訊き返してきた。

「それはだめでしょ～っ！」

これは、本心だった。灯佳がそんな振る舞いをしたのは単純にびっくりだ。

そんなキレ方をするくらいだから、相当なことがあったのかもしれない。だけど――

「どんな事情があっても、食べ物を粗末にするのはダメです！」

それだけは絶対だ。

……へぇっ、と灯佳ママが微笑む。

「あなた、話がわかるわね」

「あ、すみません。ひとさまの娘さんを、悪く言うような真似を……」

「いいえ。気にしないで」

謝りつつも、あたしは手ごたえを感じていた。

少し、懐に入り込めた気がする。

「ところであなた、名前は？」

「あ、失礼しました。高神柚香です」

「高神さんは、どこで灯佳と親密になったのかしら？」

「オンラインゲームで、長くお付き合いさせていただいてまして……」

これは、灯佳から提案された『もしものときの言い訳』だ。

一応、今みたいに母親・父親が訪問してきたときのことは、軽く話してあった。

「ゲーム？　あの子、そんな遊びを？」

く、くそぉっ！

灯佳ママ、娘のこと本っっっッッッ当になんも知らねぇな!?

ファンだった女優のこんな裏側、知りとうなかった！

「……ふぅ」

灯佳ママは深くため息をつく。うんざりだ、と言いたげに、心底がっかりしている。

「そういう低俗な遊びは控えるように、と昔から教えたのだけれどね。相変わらず、親の言うことを何も聞きやしない」

少し暖まっていたはずの温度が、また冷えていく。

「あぁ、ごめんなさいね。別に、高神さんのことや、高神さんの趣味のことまで悪く言うつもりはないのよ」

「えぇ、ご安心ください。わかっています」

「ありがとう。……灯佳は、昔から可愛くない娘だったわ。私の言うことに反発して、何も言うことを聞かず。何か言えば勉強はちゃんとしてる、成果を出している、文句は言わせないの一点張り」

あたしは、口を挟まない。

饒舌になった灯佳ママの聞き手に回る。それを察したのか、灯佳ママは話を続けた。

「何度も言い聞かせたのよ。学校では勉強だけできていれば褒められるけど、社会じゃそんなことは絶対にない。従順に、大人の言うことを聞く子が、まずは認められる。自分の意見が通るのは、そのあと。あなたは何もわかっていない子供なのだから、親の言うことは聞きなさい。

少なくとも、私はそうしていたわ。……親の言うことは、絶対なのだから」

嫌悪を強く浮かべて、吐き捨てるように強調したあと、灯佳ママはあたしを見る。

「ねぇ、あなたもそう思うでしょう？」

返事を求められて、そうですね、と相づちを打つ。

「あたしは親になったことがないので、頷いていいものか、ちょっとためらっちゃいますけど——言っていることは、間違っていないと思います」

「そうよね。私と主人のことが気に入らなくて一人暮らしをさせろ、とわめいて、主人が折れてここで暮らしているけど、そのお金だって、結局は私たちから出ている。どれだけ利口でも、成績が良くても、あの子はまだ子供。それを、何もわかっていないのよ」

ふぅ、と灯佳ママは、桐原美夜子はもう一度、大きくため息をつく。

「本当に、バカな娘。……あなたを悪く言うつもりはないけれど、親に黙って他人を居候させるなんて、どうかしているわ」

……ほー、なるほど。なるほどなるほど。ふーん、そうかそうか。そういうことなのね。

「お母様、ちょっと席を外しますね。お待ち願えますか？」

「どうぞ」

あたしは席を外して、自分の荷物がある部屋へ向かう。

床に転がっていた大人の玩具を蹴飛ばして、鞄の中から茶封筒を取り出す。

席へ戻って、桐原美夜子に差し出した。

「お金が入っています。この部屋の家賃、ひと月分です。ネットで調べました。あとは、灯佳ちゃんに水光熱費を渡しています。たぶん、あの子のことだから手を付けず、求められたら、ご両親に渡すはずです」

桐原美夜子は茶封筒に視線を落としたあと、無表情で答える。

「ずいぶん自信たっぷりに断言するのね」

「確信してますから。短い付き合いですけど、この一ヶ月、一緒に暮らしてあの子のひととなりはなんとなく理解してます。……ちなみに、親に対する義理とか、そういうことではないと思いますよ。あの子、きっとあなたとお父様のこと、まったく信用していないです。痛いところを突かれたときの防衛策として、そういうふうにしてるだけです。で、あたしも、それにならって、一応、内緒に用意をしてました」

桐原美夜子は、ずっとあたしを見つめてきている。

あたしも、一歩も引かない。覚悟を決めて、桐原美夜子に微笑みかけてやる。

「ずっと不思議だったんですよね〜。あんなに頭が良い子が何故、別居するくらい親と不仲なんだろう、って。普通の関係じゃないあたしとも、まぁまぁうまくやれるような度量があるのに、気苦労が多そうな生徒会長だってうまくやってるのに。親と喧嘩してても摩擦が増えるだけで良いことなんてない、親とだってそれなりにやってる方が良いって絶対わかってるはずなのに、なぁんでなのかなぁ……って。でも、今日あなたとお会いして、わかっちゃいました」

桐原美夜子は、微動だにしない。

だから、あたしはもっと切り込む。

「一ヶ月、灯佳と暮らしてわかったんですけど、あの子、見えない傷がたくさんあるんですよ。小さな傷、小さな歪み——一緒に暮らしていたら、すぐにわかります」

そこでようやく、桐原美夜子の肩が微かに動いた。

「あの子、助けの手を素直に借りられないんですよね。心の奥底に、他人に対する警戒と不信があるんです。でも、優しくされると、嚙み締めるみたいに喜ぶんです。嬉しい気持ちを絶対に爆発させない。喜びの前に、戸惑いが来るんでしょうね。『自分はこのひとに何もしてないのに、こんな良くしてもらっていいのだろうか』って。だから、優しくされて嬉しいのに困った顔するんですよ」

その顔が見たくて、ついついあれやこれや、お世話を焼いちゃうわけなんだけどさ。

「本音はもっと甘えたいんでしょうけど、ぷいっと部屋に引っ込んじゃう。あれは甘え始めたら際限がなくなりそうで、怖いから……なんですかね。昔、似たようなタイプの人間のそばにいましたけど、そのひとは、そう言ってました」

住み始めて、すぐに気が付いたことだ。

灯佳は、昔の銀に似ている。そっくりだ。

「今日、あなたと話をしてわかった。灯佳は、無条件に褒められることに慣れてないのよ。褒められるのは、仕事や勉強をちゃんとできたときの対価だと思ってる。あの子は、家やお金なんかよりもずっとずっと大事なものを、タダであなたたちから貰ったことがないんだわ。……あぁ、いま言っててわかった。だからあの子、悪いことに惹かれるのね。それをやっても抱き締めてくれるひとに、飢えてるんだわ。……かわいそう」

桐原美夜子は、明らかに喧嘩を吹っ掛けられているのに、反応を示さない。

その、大人ぶっている態度が、あたしは気に入らない。

……めちゃくちゃ気に障る。

「あんたの言う通り、灯佳はまだ子供よ。それは、あの子だってわかってるはず。大人びてるからね。なのに、子供みたいな態度を崩せない……ずっと誰かに助けてもらいたがってる証拠よ。なのに、あんたはあの子の悪いところばっかり口にする！」

追い出されようが、知ったことか。……どうとでもなれ、よ！

がんっ！　とテーブルを両手で叩いてやった。

「な～にが何もわかってない子供よ！　あの子は勉強だけじゃない！　気遣いもできるし、家のことだってちゃんとやってた！　……灯佳のこと、なぁんも知らないくせに、親ってだけでわかったようなクチ利くな！　ひとにスタンガン向ける前に、自分の娘に目ェ向けなさいってのよ！　コンのバーカっ！」

しん、と鎮まる部屋の中で、カップの中身がゆらゆら揺れる。

ブチギレているあたしの前で、桐原美夜子は「ふふっ」と楽しそうに笑った。

「えぇ、そうね。あなたの言う通りだわ」

……ん？　と戸惑う。

なんだ、この返し。どういうアレ？　なんであたし、喜ばれてんの？

「帰るわ。お茶、ごちそうさま」

桐原美夜子は帰り支度を始める。

「これ、置いていくわね」

バッグから取り出した中身をテーブルに置く。あたしに向けてきたスタンガンだった。

「女の二人暮らしでしょう。あった方がいいんじゃない？」

「結構です。空手、柔道、それなりですから」

「でも、所詮は女の腕力よ。持っておきなさい。威嚇にもなるわ」

そして、向こうはあたしが差し出した茶封筒に手を付けない。

「そのお金で灯佳と好きなケーキでも買ってちょうだい。嫌味なおばさんを撃退した記念にね」

うげぇっ。すごい皮肉。

「あと、あなた、ゲームで灯佳と知り合ったたって言っていたけど、たぶん嘘ね。昔から繋がりがあったのは、あなたと羽島先生の方じゃなくって？　たとえば、昔、付き合っていたとか」

「んぇっ？」

急に言われて、変な声が出てしまった。

「やっぱりね。なかなか面白そうな関係だわ、あなたたち」

「……えっと、なんで、あたしと銀が、そうだと？」

「女の勘」

クールに言い放った桐原美夜子は、最後にもうひとつ、微笑んで捨て台詞を残す。

「あなたと羽島先生、よく似ているわ。夫婦と恋人って、どうしても似るのよね」

その後は、あっという間だった。

桐原美夜子はすたすたと歩いて、こちらを見向きもせず、玄関扉を開けて立ち去った。

残されたあたしは、釈然としないモヤモヤを持て余す。

「……な、なんだぁ、あの魔女……妖怪？」

とことん、食えないひとだった。

こっちから噛み付いたのに、文句のひとつも言ってこないし。

というか、追い出されなかったし。

なんなんだ？

「で、でも、追い出されなくて、よかった〜……」

へなへなへな、と床に座り込む。

「銀とあたしが似てるだとぉ？　……ちょっと、喜んでしまう自分が嫌」

修羅場を乗り切った解放感のせいか、独り言がこぼれる。

……っていうか、あのひと、銀のこと知ってたのね。

もしかして、銀と灯佳の秘密も知ってて、それでも放置してる？

「……あ、そうか。そういう、ことなのか」

灯佳と親の不仲も不思議だったけど、もうひとつ、ずっと謎だったことがあった。

どうして銀は、あんなにも灯佳にお熱なのか――って。

銀もたぶん、あの母親とやり合ったんだ。

それで、灯佳のことがわかって、放っておけなくなって、そうしているうちに、灯佳が思い切り甘えるようになって、銀も、好きになって……。

「あーもう、本当に、お人好しなんだからぁーっ！」

……でも、そんなひとだから、銀を好きになれた。

「はぁっ、困った……」

床を見つめながら、ぽつりと呟いてしまう。

「……やっぱり完全には諦められないよ、銀」

灯佳には悪いけど、今からでも、無理やり奪い取ってしまおうか。

やれないことはない。銀と灯佳の関係がバレるように誘導することだって、その気になればできてしまうんだから。

……ちょっと真剣に迷うと同時に、いつも思っていることを、今日も思う。

恋は、ひとを狂わせる。

まさに呪いだ。

明後日、灯佳が帰ってくるまでの間に、あたしは桐原美夜子以上の魔女になっているかもしれない。

＊＊＊

桐原の酔っ払い騒動から一夜明けて、修学旅行二日目だ。

朝、出会った場で暮井さんから聞いたんだけど、桐原は昨夜、ずっと暮井さんの部屋で過ごしたらしい。多少うなされる様子はあったものの、朝までぐっすりだったのだとか。

その様子を知っているということは、暮井さんは、あまり寝ていないということになる。

でも、暮井さんに変わった様子はなく、いつも通り。

お礼と謝罪を伝えると、暮井さんは「気にしないで」と涼しく言い放った。

「もともと、修学旅行の付き添いの日ってあまり眠れないのよ。お利口さんの教師モードが解除できないのよね。今日の晩も、最初から諦めてる。帰ってからゆっくり寝るわ」

話を切り上げる前に、もう一度、深くお礼を言っておいた。

……それにしても、本当に隙がない先輩だ。参考になる。

ちなみに、目覚めた桐原は昨夜の影響もなく、すっかり元気だったらしい。

飲み始めると弱いけど、翌日にはアルコールを引きずらないタイプなのかもしれない。

遠目でしか見てないけど、朝食のときも、友達と変わらず話しているみたいだった。

食事が終わったあと、それとなく近付いてみた。

「桐原。昨日は大変だったな。もう大丈夫か？」

「……っ！」

俺の顔を見た瞬間、桐原はゆでだこになり、顔を下向けた。

「もう大丈夫です。昨日はありがとうございました。お見苦しいところを見せてすみません。今後は気を付けます」

早口で言ったあと、俺の返事も待たず、さっさと立ち去ってしまった。

残された俺は、ポカンだ。

いや、さっきの場面には、既視感がある。

あれだ。以前、桐原が学校で高熱を出して、保健室に連れて行ったあとの数日後、あんな反応をされた。

……部屋に戻って出発の準備を整える間に、メッセージを送ってみる。

『さっきのは、なんだ？　俺、何かしたか？』

今回は、別に汗だくの桐原に近寄ったわけではないはずなのに。

心当たりがない状態に首を傾げていると、メッセージが返ってくる。

『……余計なことを、言っちゃった気がするの』

今度は、別の意味で固まる。心当たりがあり過ぎた。

……いじめられると興奮するとか、言ってたっけ。

それとも、ユズから貰ったプレゼントの話か？

『とにかく！　ちょっとしばらく無理！　少しそっとしておいて！』

『……了解』

二人きりのときや、メッセージを送り合っている間は、甘えたがりなのに。

ユズと付き合っていたころも、別れたあとも、桐原と秘密の関係になってからも思うことを、今日も思う。

「女心は、わからん」

飼ったことはないが、猫ってこんな感じなんだろうか。

だとしたら、とても難儀だろう。

……可愛いと思う部分も、なくはないが。

修学旅行二日目は、生徒たちの自由行動になっている。

行き先は班ごとに決めて、事前に提出しなくてはいけない。当たり前の話だけど、行き先は生徒たちの希望によって、色々だ。

監督する俺たち教師陣も散り散りになって、広範囲をカバーする。緊急時にはスマホで連絡を取り合うことになっているが、何もなければ、立っている時間が多い一日になる。

俺が任されたのは、土産物を扱う店が多い通りだ。生徒たちも立ち寄る予定の多い区間なんだが、桐原たちも、近くの店に行くのが見えた。

様子を見に、俺も店に入ってみる。

「えー、やだこれ超可愛い～っ！」

店に入ると、さっそく女子生徒の大きな声が聞こえてきた。

「こら。あまり騒ぐな。他の方に迷惑だろう」

「は～い」

騒いでいた生徒は、ぺろりと舌を出す。俺の存在に気が付いた桐原は、ささっと小林の陰に隠れてしまった。「っ？」と困惑する小林に、心の中で謝罪する。

「で、何が可愛いって？」

「ゆるキャラのご当地キーホルダーっ！　限定品なんだって～」

見覚えのあるキャラクターだった。桐原も好きで、少しグッズを集めていたはずだ。

「……確かに可愛いな」

お寺をバッグに、刀を構えて、でも怖がって震えている。……可愛いな。

「先生、買うの？」

「あぁ」

「それも、二つ？」

「お土産だからな」

「彼女に渡すのー？」

「だといいなぁ」

聞こえるように、少し声を張って答えてやる。

隠れてしまっている桐原に、意味が伝わっているといいが。


その後、修学旅行二日目は特に事故もなく、無事に終わった。

三日目も午前に少し観光をして、予約していた昼食を食べたら新幹線。

振り返ると、あっという間だった。

＊＊＊

――二泊三日の修学旅行が、あっという間に終わろうとしている。

私、桐原灯佳は新幹線の席に座って、流れていく景色をぼうっと眺める。

修学旅行の解散場所は、行きと同じ、東京駅。

電車を降りたら学校へは寄らずに、そのまま帰ることになっている。

京都を出発したときは元気だった私たちも、移動中のまったりタイムを挟んだせいか、さすがに少し眠たそうだ。

かくいう私も、本調子じゃない。

お酒の影響が残っているのか、妙なだるさが残っている。

もしかしたら、修学旅行の疲れかもしれないけど。

……いや、本当の原因はわかっている。

悩みというか、すっごく恥ずかしいことがあって、どうやって折り合いをつけようか、ずっと考えているせいなんだ。

「桐原さん、大丈夫……？」

小林さんが心配そうに尋ねてきた。

本当は、窓際は彼女の席だったけど、私のために譲ってくれた。

「さっき訊いてくれたレシピの件、メッセージで送っておくね。元気になったら、見てね」

さすが、仕事が早い。

男性不信気味で、引っ込み思案なところがある小林さんだけど、興味があることや得意分野については、本当にフットワークが軽い。頼りになる存在だ。

送ってもらったレシピを軽く確認したとき、スマホの画面に悩みの原因になっているひとの名前が見えてしまった。ぐぬぬ、とまたモヤモヤが湧いてくる。

……ずっとこんな感情を抱えているのは嫌だから、覚悟を決めて、メッセージを送る。

『銀、お疲れ様。……色々、ごめん』

『お疲れ様。もう、大丈夫か？』

たぶん、私を心配してずっと様子を見ていてくれたのだろう。

『それは大丈夫……なんだけど、おとといの件、やっぱり気になる。……私、記憶が飛び飛びなんだけど、ちょっと、変なこと言ってたりしなかった？』

『変なことって、たとえば？』

……失敗した。これだと、自分から言う流れになる。

でも、挽回は難しい気がしたので、ストレートに切り込む。

『柚香さんから貰ったプレゼントの話とか』

返信が途絶える。来た。

『あー、はいはい。なんか、そんなことをモニョモニョ言っていたなぁ。よくわからなかったけど』

むぅっ……とむくれながら、たぷたぷ、とメッセージを打つ。

『うそつき』

待つこと数秒。戻ってきたメッセージは『すまん……』だった。

ということは、やっぱり、あれは夢じゃなかったんだ。

かぁっ、と身体全体が熱くなる。

『別に、銀は謝らなくていいんだけど……うーわー、最悪。恥ずかしいよ……』

玩具でひとりでシてるとか、銀には知られたくなかった。

『そんなに気にしなくていいかと……学生時代から、ユズもその辺り、オープンだったし……』

『私は恥ずかしいのっ！』

脊髄反射で返したあと、違う違う、だめだめ……とまた後悔する。

『ごめん。私が自爆しただけなのに』

『怒ってないぞ。あまり、気に病まないようにな』

銀は優しくしてくれるけど、私の頭と胸は後悔でいっぱいだ。

「……桐原さん、本当に大丈夫？」

知らず、ため息をついてしまったのか、小林さんがまた心配してくれる。

「大丈夫だよ。……ごめんね」

……いっそ、開き直って、銀と一緒に使ってみようかな……？

そう考えると、お腹の下あたりが、別の意味でちょっと熱くなる。

案外、それも悪くないかもしれない。恥ずかしがるよりは、全然いい気がした。


東京駅に着くころには、だいぶ気分が落ち着いていた。

新幹線を降りたあと、先生たちの先導に従って改札をくぐり、駅構内の端の方へ集合する。

溝口先生が簡単に解散の挨拶をしたあと、みんなで帰路に就く。

銀は、できる範囲で私たちに声を掛けてくれていた。

「桐原、お疲れさん。疲れて、風邪引かないようにな」

……銀の顔を見て、ドキッとしてしまう。

まだ恥ずかしい気持ちは残っていたはずなのに、声を聞いて優しくされると、抱き着きたい気持ちが湧いてくる。不思議なものだ。……本当に私、銀が大好きなんだな。

「桐原？」

「いえ、なんでもないです。さようなら、先生。また学校で――」

ちょっと早口になってしまったけど、どうにか体面だけは繕って、今度は暮井先生を捜す。

一昨日の夜は結局、暮井先生の部屋にずっとお世話になった。

夜中、変な時間に起きてしまった私の動きに気付いて、心配して起きてもくれた。

一言、お礼を言わないといけない。

「……本当に、すみませんでした」

「いいのよ。大きな事故にならなくてよかった。気を付けて帰ってね」

暮井先生は、私たちの秘密を知っても変わらない。

銀にも、良い先輩として接してくれているという。それは、私に対しても同じだ。

銀は共犯者に巻き込んだ、と表現していたけど、私は単に、味方が増えた感じがして、とても心強い。ありがたい存在だ。

（……なんか、色々なひとに支えられてる気がするなぁ）

電車に揺られながら、ぼんやりとそんなことを思った。

……ちょっと前までは、自分が支えることの方が多くて疲れていたはずなのに。

人生、半年でこんなに変わるんだ、とちょっと驚いている。

最寄り駅に着いたあとは、のんびり歩いて家を目指す。

エントランスを通って、階段を上がって、玄関扉を開く。

リビングに明かりが点いていて、柚香さんが待っていてくれた。

「ただいまです」

「……おかえりぃ〜」

「……？」

出迎えてくれたけど、違和感があった。

「どうしたんですか？　元気、ないみたいですけど」

「…………」

よく見ると、目の下にクマが出ているような。……あまり寝ていないのかな？

「久々のひとりで、夜更かししました？」

「………」

「……柚香さん？」

私の顔をじとーっとした目で見つめてくる。

かと思えば、はぁぁ……と重くて太いため息をついて、がっくりと肩を落とした。

「やっぱ無理ぃ……お人好しなのは、あたしも一緒か」

言いながら、柚香さんは悲しそうに笑った。

目には、涙？

……気のせい？

「あの……」

「なんでもない。……でも、ちょっと、そのまま、動かないで」

言う通りに立っていると、柚香さんが近付いてきた。

前触れなく、いきなり、ハグされた。

「……ちょっと？」

「いいから、ちょっと、このままにさせなさい」

柚香さんはギュッと私を引き寄せて、背中と頭を撫でてくる。

……とても、優しい手つきだった。銀がいつもしてくれるのと、一緒の――。

「本当に、なんです？」

「別にぃ。深い意味はないですぅ～。でもぉ、ただちょっとぉ、こうしたい気分なだけー」

涙ぐんでいたのは柚香さんなのに、よしよしされているのは私の方だ。意味がわからない。

「あんたがさぁ、すっごく嫌で憎たらしい奴だったらよかったのに。そしたら、なーんも考えることなくいじめてやれたのに。っつても、完全に諦めたわけじゃないからね。邪魔はしないけど、ワンチャン、待ち続けるんだから」

「……なんですかそれ。意味、わかんないです」

「あんたにとって都合のいい保険屋さんを続けてあげるって言ってんの。……でも、あたしが可哀想になっているところを、もう少し早く言えていたら……きぃぃっ……」

ハグの圧力が強まる。

「だから、意味わかんないです、ってば……ちょっと痛いし……」

「いいから、付き合いなさいよ。人肌が恋しいの。あんただってそうでしょ」

……それは、否定できないけど。だからと言って、この急展開は謎過ぎる。

けど、それを今の柚香さんに言うのは、野暮な気がした。だから、何も言わない。

でも、お腹は正直だ。ぐうっ、とちょっと鳴ってしまった。

「あらら。やっぱり、食べ盛りねぇ」

「……しょうがないじゃないですか」

「悪い意味じゃないってば。むしろ、食べない方じゃない？　同じ歳のころ、あたしは灯佳の二倍は食べてたわよ。バスケ部じゃなかったら、めちゃくちゃ太ってただろうなー」

私を解放した柚香さんは「よしっ」と掛け声を出して、ニカッと笑った。

「お腹空いてるだろうけど、洗濯物、出しておきなさいよー。ご飯はいっぱい作ってあるから、食べたいの選んでテーブルに出しなさいな。あっためてあげる」

「……どうもです。着替えて、軽く荷解きをしてきます」

「はいはーい」

よくわからないけど、いつもの柚香さんに戻っていた。

明るくて、お節介で、自分の気持ちに素直で、優しいお姉さんの――。

その姿を見せられると、いつも嫉妬してしまう自分がいる。そんな自分が醜くて、自分が、少し嫌いになる。

（……ひねくれてるなぁ、私）

自分の性根がわがままで可愛くないのは百も承知なんだけど、気が重くなってしまう。

やれやれ、という気持ちを抱えたまま部屋に戻り、絶句した。

「ゆ、柚香さんっ！　あれ、なんですか⁉」

リビングに駆け込んだ私に「んあ？」と間抜けな返事をしてきた。

「なんか、見たことのないのが、いっぱい……」

「え〜？　そんなにカマトトぶることないじゃん。見たことないってことはないでしょー」

「そういう意味じゃなくって！　あれが何かはわかりますよ！　なんで私の部屋に、アダルトグッズが山ほどあるのかを訊いているんですっ！」

「この前、あたしが買ったヤツ。合わなかったから、あげる。一回しか使ってないし、ちゃんと洗って消毒もしておいたから綺麗よ。あぁ、あとスタンガンも交じってるから」

「なんでそんなものをっ⁉　と、とにかく、どっちもいらないですってば！」

「いいから持っておきなさい。スタンガンはお守り代わり。玩具はいつか銀に使ってもらいなさいよ。そういうのも教えたから、上手に愉しませてくれるわよん」

「……え、そうなの？」

「ほら、興味出てきた」

「や……いらない！　いらないです！」

「それなら捨てときなさい」

「引き取ってくださいよ！　もぉぉ～……」

やっぱり、前言撤回。いいところもあるけど、基本的にはこのひと、めちゃくちゃだ……。

でも、私が自分を嫌ってみじめになっていた気持ちは、どこかへ飛んでいった。

## 3．羽島銀・最近嬉しかったこと：桐原灯佳にわかってもらえたこと

今年最後にして、桐原たち二年生の最大イベント。

修学旅行が終わり、十二月も半ばだ。

この時期になると、街はあっという間にクリスマス色に染まる。

期末試験は修学旅行前に終わっているから、俺たち教師も、のんびりしたものだ。

俺も暮井さんも最近は残業なしで、来年に向けての英気を養っている。

そんな中、生徒会長・桐原は任期ギリギリまで忙しい。

年末に全校生徒が参加する大掃除の計画を練らないといけないし、次期生徒会長を決める選挙のヘルプなど、細かな雑務が溜まっていると珍しく愚痴を言っていた。

『土曜日も学校に行かなきゃだよ。ゆっくりゲームしたかった～』

そんな桐原からのメッセージを受け取る裏で、ユズからこんなメッセージが届いていた。

『ちょい先のことで相談。二人きりで話したいの。灯佳が出掛けている時間に来れない？』

文面自体は普通なんだけど、ユズが相手なので嫌な予感がした。

メッセージで用件を明かしていないところにマイナス百点くらいの疑惑がある。

桐原がいない時間、のところでさらにマイナス千二百点だ。

だけど、こういうときのユズは、絶対に先に用件を言ってくれない。

『災害女子』の本領が発揮されないことを祈りながら、『了解』と連絡を入れた。


当日、変装をして桐原の家にやってきた。

約一ヶ月半ぶりの来訪だ。前はしょっちゅう通っていたのに、既に懐かしさがある。

渡されたままの合鍵を使って部屋に入ると、ユズが部屋の奥から飛んできた。

「銀だーっ！　久しぶり！」

そういえば、ユズと会うのも直接会うのは久々か。

「ご飯にする？　お風呂にする？　それともあたし？」

「帰る」

「無情やないかーい！」

相変わらず、テンションが高い。

この明るさに救われていた時期もあったし、もしかしたら桐原のためにこの感じでいるかもしれないから、何も言わないけど。

「お泊まりグッズは持ってこなかったの？　どうせ来るなら泊まっちゃえばよかったのに」

「そうしようかと思ったけど、話が終わったら帰るよ。桐原も我慢してるし……修学旅行で、ちょっと危ういところも、あったし……」

「あ～……隠れてイチャついた？　わかるわかる。銀は、本当にむっつりだからね。意外と欲望に忠実。がおがおー。きゃー、こわーい」

「…………」

「ごめん。ちょっとテンションおかしいね、あたし。銀に会えて嬉しいみたい」

とても反応に困るので、そういうことは言わないでもらえると助かるんだけどな……。

「待ってて、お茶淹れるから。たまには緑茶にしよっか」

勝手知ったるなんとやら。ユズはすっかり慣れた手つきで、桐原亭のキッチンを使いこなしていた。

俺が置きっぱなしにしていたマグカップを戸棚の奥から引っ張り出して、用意してくれる。

部屋を見回すと、俺が通っていたころにはなかったものが少し増えていた。ハンガーにヨガマット、それに、部屋の隅に見慣れない家電がある。

「ユズ、あれ、なんだ？」

「靴の乾燥機。安いのにすぐ乾くから便利なのよ。銀も買ったら？」

確かに、それはよさそうだ。スマホで同じヤツを調べていると、ユズが戻ってきた。

「おまちどおさま。召し上がれ」

外が寒いので、温かいお茶は素直にありがたい。

「……で、話ってなんだ。やっぱり、就活のことか？」

「へ？　全然違うよ。クリパの計画、話し合いたくて」

「……クリパ？」

「クリスマスパーティー」

少し固まったあと、自分が早合点していたことをようやく理解した。

「なんだよ……俺は、てっきり真剣な話かと……」

「え～っ！　クリスマスパーティーだって大事じゃん！　灯佳に訊いても、忙しくてそれどころじゃないし、なんの予定もないって言うし？　銀は、あたしに遠慮して何も計画しなさそうだしさ」

図星なので反論ができない。

桐原のために何かしてやりたかったけど、見送った背景がある。

ユズの読み通りだ。

「その部分だけ話を聞くと、ユズだけが暇人のように聞こえてしまうが、就活はどうなっているんだ？」

「進展、ないねぇ……面接のお誘いは来て、たまに行ったりしているんだけど、なーんか合わなくてさぁ。オッサンと同年代のオトコがやらしい目で見てきて興醒めする展開ばっかりだよ。最終まで行ったりするけど、熟考してこっちからご多幸メール送ったりしてる」

俺には一生縁がないレベルの悩みだった。ユズほどになると、そういうふうになるのか。

「年の瀬は、どうしても募集が少なくなるしね。あるとしても、この時期に人手が足りなくて即採用、即戦力求ム、みたいなのは怖くて手が出せないじゃん。春まではお見送りよ。ってなわけで、今のあたしはクリスマスのために生きるのだ。協力して」

「う〜ん……まぁ、桐原も楽しめるなら、反対する理由はないが——」

「でしょ」

ユズは玄関をちらりと見て、スマホも確認する。

……時計を見たのだろうか。

「あたしさ、この前、灯佳ママと鉢合わせたの。この部屋で」

明らかに、ユズの口調が硬くなった。

俺も姿勢を正す。

「どうなった?」

「追い出されるとヤバい、と思って最初はおべっか使ってたんだけど、途中でキレちゃった」

「どっちが」

「あたしが」

「それは…………大丈夫なのか?」

「さぁ〜。よくわかんない。食えないオバサンだったわ。結局追い出されなかったし、あのあと何も言ってこないから、もう考えないようにしてる。でもまぁ、色々納得したよ。銀もやり合ったんじゃないの？」

「……まぁな」

「やっぱりね。ムカつくもん、あいつ」

何を話したのかはわからないが、ユズがここまで他人を悪く言うのは珍しい。

「……灯佳は、かわいそうよ。あの親に育てられて、あんなふうに育ったんだから、大したもんだと思う」

「それを言うなら、ユズもそうじゃないのか。ご両親に直接会ったことはないけど、話を聞くに、色々大変だったろ」

「そうだねぇ～……ベクトルは違うけど、厄介なのは間違いないからなぁ～……って、あたしの家のことはいいのよ。今は灯佳！」

ユズは身を乗り出し、力説する。

「あたしが思うに、あの子、普通の定番なクリスマス、やったことないわよ。ツリーとかプレゼントはさすがにやってると思うけど、七面鳥、クリスマスシチューにフランスパン……ああいうのをみんなで囲んだ経験、なさそうじゃない？」

「……ない、かもな」

桐原美夜子は娘よりも仕事を優先する。年末年始はタレントの稼ぎ時とも聞く。桐原を最優先に動くとは、考えにくい。

「そういう、なんてことのない定番をやってあげたいのよ。社会に出たらさ、なかなかできないじゃん、そんなの。んでもって、来年は受験。今年がラストチャンスよ。……あたしたちで祝ってあげられない？」

ユズは本気で桐原を想って、桐原のために行動しようとしている。

俺に断る理由はない。

「わかった。やろう。俺は何をすればいい？」

「料理を作ってほしい。あたしが作ると、変に隠し味を入れちゃうから。絶対に美味しく作る自信はあるけど、今回、そういうのはいらない」

なるほど、と頷く。

あり合わせでトンデモ不思議料理を作るユズだが、その代償として、レシピ通りに作るのが大の苦手だったりする。

分量を見て作るのは面倒。料理は閃きと感覚！　が信条だ。

俺には絶対に真似できないが、まぁ、得手不得手なんだろう。

「レシピ通りに作らせたら、銀の右に出る者はいないからね」

「それは過大評価だと思うが、主旨は理解した。任せてくれ」

「おーけー。あたしは、灯佳にクリプレを用意する」

「桐原って何が欲しいんだ？」

「あっても言わないわよ、あの子。貰うのだって辞退されるかもしれないから、内緒でやる」

「……変な物、贈るなよ？」

「わかってるってば。あたしの趣味で選ぶけどね。でも、きっと驚くだろな〜♪」

ふふふ、とユズは悦に入る。プレゼントを受け取る桐原の姿を想像しているみたいだ。


「……というわけで、クリスマスパーティーをやろうと思うんだ」

ユズはすっかりやる気だったけど、当の桐原が乗り気でなければ、どうしようもない。

そこで夜、俺から電話して、桐原に尋ねてみた。

「桐原の家を会場にしたいんだけど、場所、借りていいか？」

『それは構わないけど、銀が家に来るってことだよね？　……いいのかなぁ』

「俺もそう伝えたんだけど、ユズがどうしてもやりたいって聞かないんだよ」

これは、ユズから提案された口説き文句だ。

「俺が桐原に会いに来るんじゃなくて、ユズが俺と数年ぶりに、友人としてクリスマスを賑やかに過ごしたい。その会場に、ユズが女友達の家を選んだだけだ、と言っていた」

『あははっ。柚香さんらしいね』

「言い出したら聞かないからな……断るといつまでも愚痴を言われそうだし、頼めないか？」

『わかった。私、準備は何すればいい？』

「会場の提供者だから、何もしなくていい。俺とユズに全部任せてくれ」

『……いいのかなぁ』

「いいんだよ。生徒会で忙しいんだし、クリスマスくらいはのんびり休んでくれ」

その後も桐原は気後れしていた様子だったけど、最終的には『楽しみにしてるね』と頷いてくれた。

それから数日間、仕事を無事に納められるように働く一方、クリスマスに向けての準備を進めた。

生徒たちのノートの確認、新学期の授業計画表の作成といった作業の合間に、レシピを確認していく。

桐原の家のキッチンには立派なオーブンがついている。

さすがに料理好きの俺でも、鶏肉を丸ごと焼いた経験はない。

……でも、せっかくの機会だし、やってみたい。

この時期なら業務用スーパーにローストチキン用の肉が売っているようなので、下見に行ってみよう。

あれこれメモを取っていると、席に戻ってきた暮井さんに声を掛けられた。

「……ごめんなさい。見るつもりはなかったんだけど、メモの中身が見えちゃった。クリスマスパーティーでもやるの？」

「ええ。ちょっと、凝ってみようかと思いまして」

席についた暮井さんは顎に軽く指を置いて、何かを考えている。

「今日の夜、空いてない？」

「ええ、空いてますよ」

「それなら、ちょっと付き合ってよ。差し支えなければ、例のバーで」

突然だったけど、暮井さんに誘われるのは、だいたい何か俺に不備があったときだ。断らず、話を聞いた方がいいだろう。


退勤時間が過ぎたあと、暮井さんと別々に学校を出て、駅で合流した。

何度か訪れている暮井さんの隠れ家に今日もお邪魔して、奥のテーブル席に着く。

「お疲れ様。私、カクテルにするけど、羽島先生は？」

「……ええと、飲んでも大丈夫なアレです？」

「んっ？」と暮井さんが聞き返してくる。

「俺にまた、至らないところがあったわけではない？」

「あぁっ、違うわよ。今日は、早めの忘年会のつもりで呼んだの。クリスマス前はパーティーの準備で忙しそうだし、クリスマスが済んだらもう年末。どうしたって、統括やら校長との面談やらでバタバタするでしょう？　その前に二人で軽く、と思ったの」

そういうことなら、飲まない理由はない。

喜んで、お付き合いすることにした。

「乾杯」

料理と一緒に運ばれてきたカクテルグラスを軽くぶつけあって、「一年間、お疲れ様でした」と労い合う。

「今年は、大変だったんじゃない？」

「本当に――公私ともに、人生が大きく変わりましたよ……」

「あはは。転職をして、恋人ができて、プロポーズされて、断って、修羅場になって、それを乗り越えて、か。激動だったわねぇ」

暮井さんは珍しく楽しそうに笑う。

いつもより、リラックスしているみたいだ。

「でも、それを全部ぜーんぶ、無事に乗り越えてクリスマスパーティーだなんて、素敵じゃない。桐原さん、喜ぶんじゃやない？」

あ、そういえば、暮井さんにはユズが桐原の家に居候した話を言っていなかったな……。

いい機会だったので、最近の出来事を全て話すことにした。

居候の話を聞いた暮井さんは「えっ⁉」と大きく驚いたあと、神妙に話を聞いてくれた。

「あなたが柚香さんを大事にしているから、って……桐原さん、ずいぶん思い切ったわね」

「は、はい……俺も、そう思います……本人が言うには、俺がお世話になった恩人だから、自分が助けられるなら、大事にしたい、ということだったんですが……」

「だからと言って、普通は出てくる提案じゃないわよ。他に何か意図があるのかしら？」

「俺も何度も確認したんですが、桐原はそれ以上、教えてくれないんですよね。……でもユズは納得して、桐原と住み始め、今ではうまくやっているみたいです」

「ふぅん……同じひとを好きな者同士、気が合うのかしら。ずいぶん、ユニークな関係ねぇ。……あぁ、でも、桐原さんにとっては、いいことなのかしら。一人暮らしは、何かと不安だったかもしれないし」

「それは、あるかもしれませんね」

ここだけの話、夜、妙な物音がして怖い、と起こされたこともあったしな。

そのときは結局、不審なところは何もなかった。

あいつはけっこう、怖がりだ。

「じゃあ、クリスマスパーティーも三人で？」

ユズの提案で、桐原に普通の定番のクリスマスを知ってほしい、という話も伝える。

「へぇっ……気が利くじゃない。最高のプレゼントになるんじゃないかしら。桐原さんがうらやましいわ」

その言い方だと、暮井さんもクリスマスには良い思い出がないように聞こえるが——暮井さんはカクテルグラスの縁を指でなぞり、苦笑する。

「私、父親の顔も知らないし、施設で育ったから、家族みんなでパーティーってやったことがないのよね」

今度は、俺が驚く番だった。

「悪いわね、こんな話を聞かせて」

「いえ……ただ、なんと言っていいのか……」

「反応に困るわよねぇ。だから、誰にも言ってなかったんだけど。職場だと、校長だけが知っている話よ」

暮井さんは微笑みながら軽く顔を背けて、昔語りを続ける。

「物心ついたときから、母と二人暮らしでね。その母も突然倒れて、あっという間にひとりぼっち。市役所が入所手続きをした施設は、お世辞にも良い場所とは言えなかった。唯一、プレゼントだけはどこかの寄付金で用意していたけど、感謝しなさい、って強く言われたせいで、素直に受け取ることができなかったのよね。あのころは、我ながら荒んでいたわ」

何事も『普通』を定義するのは難しいが、父親と母親に育てられた俺が経験したことのない世界だ。

暮井さんがいつもそうしてくれるように、俺は神妙な姿勢で話に耳を傾ける。

「これは、想像なんだけど——物語に登場するああいうパーティーって、経験しているひとにとっては、なんてことのないものなのよ。実際、私たちもそれを経験したら、ああ、この程度のものなのか、って感じるかもしれない。だけど、『自分は持ったことがない』という妬みは、時にひとを歪めるわ。なるべく、そういうのは大人になるまでに、減らしておいた方がいい。柚香さんとあなたが桐原さんのためにしようとしていることは、とても大事よ。がんばって」

「……はい。今日も、タメになる話をありがとうございます」

俺が軽く頭を下げると、暮井さんは「うーん」と頭を抱えてしまった。

「また、説教じみた話をしてしまったわね。この悪い癖、どうにかしたいんだけど……」

「そんなふうに思っていたんですか？　俺は、助かっていますけど」

「それは、羽島先生が素直だからよ。……あーあ、来年は本当に直そう」

暮井さんは渋い顔をして、カクテルに軽く口を付ける。

「悪かったわね。変な話をして」

「いえ……ただ、気になることが。さっきの妬みの話ですけど、暮井さんご自身も、昔を思い返して苦しんでいると——？」

それなら、余計なお世話かもしれないけど、普段お世話になっているお礼に、どこかの店でクリスマス会を――と思ったんだけど、暮井さんはあっさりしていた。

「あ、うぅん。私は大丈夫よ。施設にいたのも中学生までだったし、ちゃんと、助けてもらえたから」

そのとき、閃くものがあった。

「ひょっとして、以前、暮井さんが会っていた方が……？」

暮井さんは答えるべきか数瞬、迷った様子だった。

でも、すぐに微笑んで、頷いてくれた。

「私を、荒野から救い上げてくれたあしながおじさん……本当に、神様のようなひと」

今の一言に、どれだけの想いが込められていたのだろう。

暮井さんの呟きには、重い感情が染み込んでいた。

だけど、暮井さんはなんでもないことのように続ける。

「昔、私の母に恋をしていたんですって。愛し合っていたけど、自分に自信が持てず、身を引いて一緒にはなれなかった。事業に成功して、『幸せにしているだろうか？』と母の消息を追っているうちに、私の存在を知ったらしいわ。……かけがえのない恩人よ」

「なるほど。……すみません、説明していただいて。失礼なことをしました」

「それは、尾行したこと？　それとも今、尋ねてきたこと？」

「ど、どちらもです――申し訳ございません」

「あははは。ごめんごめん。そんなにかしこまらないで。ごめんなさいね。羽島先生には何故か、つい意地悪したくなっちゃう」

暮井さんは笑っているけど、俺は一ミリも笑えない。

「とてもお世話になっていた先輩に、失礼なことをしたと、今でも思っています」

「もう昔のことよ。桐原さんのために尾行したんだから仕方ないわ。あと、私があなたに昔話をしたのは、私が話してもいいかな、と思ったからよ。どちらも、気にしないでちょうだい」

「……なんで俺に昔話を？」

「困る顔を見て、楽しみたかったから」

「……うまくかわされましたね」

「あら、かわしたつもりないわよ？　本心だもの。言っておくけど、私、羽島先生が思うほど立派な人間じゃないわ。良い先輩、良い教師の私は見せかけだけ。本当の私は意地悪で、とても欲張りよ」

「全然、想像がつきませんが――具体的には？」

「うん？　そうねぇ……」

尋ねられた暮井さんは思案する。

そのあと、にやっと微笑んだ。

「あなたから桐原さん、柚香さんの話を聞いているのに、あなたを誘惑する泥棒猫になってやろうかと考えるくらいには、悪いオトナよ」

「暮井先生、酔ってますね。そのカクテル、ウォッカでも入っているんですか？」

「あらあら。フラれちゃった。それどころか、真に受けてもらえなかったわ」

「そりゃあ、そうですよ。だって、暮井先生には『神様』がいるんでしょう？」

「そうね。……正直な話、私は愛しているのだけど、向こうにその気がないのよね。あの年齢で独身なんだけど、歳が離れすぎているし、母に顔向けできないって相手にしてくれないの。何を隠そう、私も羽島先生と同じ、歳の差恋愛と秘密の恋に悩む人間ってわけ」

あぁ～……。色々と気遣ってくれるわけだ……。

「納得した？」

「……いや、それだと、なおさら、俺を誘惑する理由がないじゃないですか」

「私と一緒になるなんて考えるな。むしろ、早く他の男を愛して子供を連れてきなさい。そうしたら安心できる——って神様に言われているとしても？」

暮井さんの顔から、すっと表情が消える。

「私は狂信者よ。神様が喜ぶなら、神様が喜んでくれそうな相手を見つけたら——どうすると思う？」

暮井さんは淡々と告げてくる。

「本当に気を付けなさい、羽島先生。私は教師の風上にも置けない、怖い人間なのだから」

……。

……少し返事に困ったが、俺は「ダウト」と暮井さんの耳に届くよう、呟いた。

「冗談ですね？」

「どうして？」

「暮井先生がご自分で言うような怖い人間だったら、今の話を事前に言わず、行動していると思います。仮に今の話が本気で、俺の腹を探っているのだとしても——結局、俺の意思を確認しようとしている。なので、怖いひとでは、ないです。どうでしょう？」

俺たちは現国の教師だ。

設問に解答するような口調で答えたあと、少しだけ黙り合う。

暮井さんは一転、楽しそうに笑って、手を挙げた。

「降参。たちの悪い冗談を言って悪かったわね」

「本当に、意地悪なんですね……」

「でしょう？　だから普段はお利口さんしてるのよ。でも、さすがに今のは悪質だったわ。言われた通り、酔ってるみたい。幻滅させたかしら？」

「いえ。どれだけからかわれても、暮井先生に今年、ずっとお世話になって助けてもらったのは変わりませんから」

「あら、よかった。……安心した」

暮井さんは、本当にちょっとホッとした様子だった。

なんだかそれがおかしくて、俺は笑ってしまった。

「一年間、ありがとうございました。これからもよろしくお願いします」

「えぇ、こちらこそ」

互いにお礼を言い合って、食事を続ける。そこからは、いつもの暮井さんだった。


店を出たあと、暮井さんとタクシーを相乗りする。

暮井さんは降りる直前、俺にこんな話をした。

「今日、妬みの話をしたじゃない？『自分は持ったことがない』という気持ちが、ひとを歪めるって話——あれに限らずなんだけど、つらい経験をして育つっていうのも、悪いことばかりではないのよ。『誰かに優しくされたことがあるなら』という条件がついてしまうけど、つらい経験をしていないと、ひとの痛みを理解して、優しくなることもできないから」

それは、俺にも心当たりはある。

最初に入った会社であんなことにならなければ、今の仕事は続けられなかったかもしれない。

「桐原さんにパーティーを、と提案した柚香さんは人間をよくわかっている。信頼できるひとなんでしょうね。二人に挟まれて大変かもしれないけど、なるべく大切にしてあげなさいな」

「はい。……ユズのこと、褒めてくれてありがとうございます」

俺とユズは、もう恋人じゃないし、俺の心は桐原のものだ。

それでも、ユズを評価してくれるのは嬉しかった。

……なのに、暮井さんは、渋い顔をしている。

「最悪。また、いらない説教を……」

「……それ、短所じゃなくて、長所だと思いますよ。ちゃんと中身がある話ですし、前向きにとらえた方が……」

「でも、自分が嫌なのよぅ。そういうのって、あるでしょうっ？」

タクシーから降りた暮井さんは、がっくり肩を落としていた。

本当に気にしているんだなぁ……。


そして、数日後。

今日は、クリスマス当日だ。

夕方の時間帯、変装状態で桐原の家にお邪魔する。

桐原とユズは揃って出迎えてくれた。

「銀、いらっしゃい」

桐原の挨拶は、おかえりなさい、ではなかった。ユズに気を遣っているのか、我慢をしているか——どちらだろうな。

「銀、鞄ちょうだい」とユズが手を差し出してくる。

靴を脱ぎにくそうにしている俺を気遣ってくれた。

「いや、いいよ。食材のせいでめちゃくちゃ重たいんだ」

「え。材料って、そのエコバッグだけじゃないの？」

「こっちは、いま寄って追加で買い足した分。鞄には昨日から漬け込んだり、下ごしらえしてきた野菜が入っている」

「おぉ～。さすが！　手際がいい！」

ユズが軽く拍手してくれる中、桐原は少々居心地が悪そうだ。

「……やっぱり、なんか私もした方がよくない？」

「こーらーっ。だめよ灯佳。今日はクリスマス。大人が子供を楽しませる日よ。あんたは座って待つのが仕事っ！　いいわね？」

「……そんなに、子供じゃないですもん」

「あ、むくれた。そゆとこ、子供よね」

「ユズ。桐原をあおるなよ。……でも、桐原。ユズの言う通りだ。料理なら、任せてくれ」

「うん、わかった」

「よし、話はついたわね。灯佳、料理ができるまでゲームやろう、ゲーム」

「ゲームって……私が銀とやってるオンラインゲームですか？」

「ちがうちがう。……そうできたらよかったけど、あれは数分、画面を見るだけで死ぬほど酔うから、本気で無理。あたしが用意したのはボードゲームよ。やっぱりクリスマスって言ったら、みんなでワイワイボードゲームでしょ！」

「……二人なのにワイワイなんですか？」

「そこはまぁ、しょうがない！　でも、きっと楽しいわよ。やってみよ」

俺が食材を冷蔵庫に入れてエプロンを巻く中、さっそくユズと桐原の声が聞こえてくる。

「まずはこれ！　パズルゲーム！　大学時代、サークルでやってたのを買ってきたの。懐かしいわ〜」

あぁ、確かに懐かしい。

ユズに連れて行かれたボードゲーム同好会で俺も遊んだ。

使うのはパズルボード二枚と、様々な形をしたブロック、それに複数の十面ダイスだ。

まずは、お互いに全部のサイコロを振る。その出目によって、毎回、パズルボードの上にあるお邪魔ブロックの位置が変わる。

つまり、正解が変わるんだ。

プレイヤーは、正解の異なるパズルをヨーイドンで解き始めて、先に解けた方が勝ち、というゲームだ。

思考力の外に運が絡むから、けっこう白熱する。

「なるほど。楽しそうですね」

「でしょ～。負けても泣くんじゃないわよ？」

ユズはノリノリだ。

元気な掛け声が聞こえて、ゲームが始まる。

「……わーっ、久しぶりにやるけど、けっこう、良い感じ。あともうちょい……」

「終わりました」

「あら、おめでとう。……仕方ないわね、つぎつぎ」

俺が料理している間も、後ろでは熱戦が繰り広げられる。

「終わりました」

だんだん、ユズの声が小さくなっていく。

「終わりました」

「ちょっと⁉　なんなのあんた⁉」

結局、桐原の圧勝、ユズの惨敗で終わったみたいだ。

「ごめんなさい。こういうの得意なんです。小さいころ、ひとり用をたくさんやってました」

「うがぁ～っ！　違うゲームにすればよかったーっ！　……ってなわけで、次は違うのやろ」

「まだあるんですか？」

「もちよ。次はこれ。資産運用ゲーム。ターンごとに持ち札を出していって、強い会社を作る。人材、商材、運、不運……全部使いこなして一流社長を目指せ！」

「わかりました、やりましょう」

いつの間にか、桐原も乗り気だ。

二人で十分、ワイワイやれているじゃないか。

……こっちはそろそろ、料理に集中するか。

最初に手を付けるのは、主役のローストチキンだ。

といっても、面倒な作業は前日に終えてある。

業務用スーパーで仕入れた『まるごと鶏肉』を、市販の出汁、塩コショウ、刻んだバジルで作ったソースに漬け込んである。

あとは刻んだパプリカ、ナスあたりと一緒に、アルミホイルを敷いたオーブントレイに載せて、オーブンに三十分ほど放り込むだけだ。

タイマーをセットして焼き上がるまでの間に、白身魚のホワイトシチューも作る。

これも、野菜を切って準備してあるから、鍋に入れて火が通るのを待ち、市販のルーを入れるだけだ。

火が通るまでの間に、さっき別で仕入れてきた牛肉のブロックを調理していく。作るのは、これまたクリスマスの定番、ローストビーフだ。

俺もだけど、桐原は肉が好きだからな。

ごちそうのイメージがある料理だけど、作り方は意外とシンプルだ。

肉の塊にフォークで穴をあけて、しょうゆとみりんで作ったソースを用意する。

その後、火にかけたフライパンの上で、ソースを掛けながら肉の塊を転がし続けて、外側に焼き目をつける。

外側が焼き上がったら、室温に放置して粗熱を取る。

これだけだ。

調べると色々作り方があるけど、俺はこれが一番簡単で、楽で、おいしいと思っている。

あとは前菜に、ブリの刺身を使ったサラダ、カルパッチョをさっと作る。

他にはイチゴを生ハムでくるんで一皿作ったり、ノンアルコールのクリスマスシャンパンを冷やしてある。

それっぽいグラスは、百円ショップでユズに揃えてもらった。

桐原が好きだと言っていたパン屋のフランスパンを皿に盛り付けたところで、シチューの素材が良い具合に柔らかくなっていた。

ルーを溶かしている最中に、オーブンのタイマーが鳴り響く。

鶏肉にも野菜にも、綺麗に焦げ目がついている。いい出来栄えだ。

同時に「ひ～っ⁉」と背後からユズの悲鳴が聞こえてきた。

「なんでこんなに差がつくのよ～⁉　同じターン数なのに！」

……ユズ。桐原にゲームで勝つの、無理だぞ。

オンラインゲームの攻略速度を見ているとわかるけど、おそらく、何をやらせても制作者の意図を汲んで、ハイスコアを叩き出すと思う。

頭を抱えて悔しがっているユズの横で、桐原が俺の視線に気付く。

「銀、ご飯できた？」

「今から盛り付けだ。見に来るか？」

「うんっ！」

「待ちなさい、灯佳！　勝ち逃げは許さないわよ！　……今度、違うゲームをやろう。カードでトランプタワー的なの作っていくの。対戦型じゃなくて、協力してやるのが特徴よ。最高記録、東京タワークラスを目指してがんばりましょう」

あいつ、勝てないと見て、桐原を味方に引き込んだな。桐原とは違う意味で、頭がよく働いている。

桐原が了承したことでプライドを保てたのか、ユズもキッチンの方へやってくる。

「うわっ、すごっ！　フルコース？」

シチューだけはシチューボウルに取り分けたけど、カルパッチョとローストビーフ、アラカルト系のおかずは大皿に盛り付けた。こうすると迫力があって、目が楽しい。

騒ぐユズに対して、桐原は静かに目を輝かせている。

「驚くのはまだ早いぞ」

オーブンから例のやつを引っ張り出す。

トレイの上に君臨する今日の主役を見た途端、二人は歓声を上げた。

「すごいよ銀、お店みたい！」

「さっすが！　いよっ、我らが料理長！」

「上手に焼けているといいけどな……」

軽くナイフで切れ目を入れてみる。

パリパリになった皮が小さく裂けて、中から透明な肉汁がじゅわぁっと滲み出る。

ごくり、と誰かが生唾を呑んだ。

「用意するぞ」

はーい！　と二人の声が重なる。

「量はたっぷり用意した。各々、好きなものから手を付けてくれ。……それじゃあ、いただきます！」

いただきます！　とまたまた声が重なった。

好きなものから、と言ったのに、まずは全員が取り皿に用意したものを少しずつ載せていく。

そして、口に運ぶ。

「……うまい」

俺が最初に食べたのは前菜のカルパッチョだった。

ドレッシングが利いていて、いい具合だ。

ローストビーフに口を付けた桐原は無言で笑顔になっている。

「銀、このホワイトシチュー、魚の身がほろほろで、最高の出来なんですけど？」

ユズも頬をおさえて、幸せを満喫している。

「満足するのはまだ早いぞ。冷めないうちに、チキンだ」

俺の号令に、二人の手が動く。

……口に放り込んだ瞬間、イメージ通りの味が広がった。

「ああっ……」

「幸せ……」

二人の様子を見て、心中で密かにガッツポーズをする。

「よかったわねぇ、灯佳」

「……はい」

ユズに声を掛けられると、桐原は目に見えてトーンダウンした。

「どうしちゃったのよ。クリスマスに愛する彼氏にごちそうを作ってもらえるなんて、最高じゃない」

「それは、そうなんですけど……」

「あ、さてはあたしに余計な気を遣ってるな!? 喜びなさい！ じゃないと、あたしがみじめになるでしょーが！」

「でも、私が素直に喜びを爆発させたら、柚香さん、怒りません？ 見せつけやがってーっ、みたいな」

「なるよ！ ふざけんじゃないわよっ！ 幸せかーっ！」

「おい、情緒。情緒が留守だぞ、ユズ」

「しょうがないじゃない！ あたしの今ってば、超複雑なんだもん！ 心が迷子！ 情緒だって家出するってのっ！ ……でも、今はとにかく、おいしい料理に集中する。がんばれ柚香！ 負けるな柚香！」

　自分にエールを送りながら、ユズはローストビーフ、生ハムとイチゴに手を出していく。

「食べてくれるのは嬉しいけど、カロリー、大丈夫なのか？」

「大丈夫。今日はチートデイ。調整済みよん」

　カロリーを気にしている場合でも、一週間に一度、気にせず食べてもいい日を用意すべし、というやつだったか。

「……銀、ありがとね。とても幸せだよ」

ユズが落ち着いたのを見て、桐原がお礼を言ってくれた。

「あぁ。でも、お礼を言うのはまだ早いぞ」

パーティーはまだ始まったばかりだ。

ユズがケーキを買ってあるはずだし、プレゼントだって用意している。

でも、しばらくは全員で目の前の皿を楽しんだ。

ゆっくり食べながら、一時間程度だろうか。

ローストビーフとシチュー以外は完売。

ボリュームたっぷりのチキンも、残ったのは骨だけだ。

桐原とユズは椅子の上でお腹を擦り、お風呂の湯を楽しんでいるような顔で蕩けている。

「だいぶがんばったが――ケーキ、いけるか？」

「甘い物は！」「別腹だよ！」

「同感だ」

甘党の俺も、余すところなく同意する。

テーブルの片付けを軽く済ませて、紅茶を用意する。お湯が沸くまでの間、二人には休んでもらった。

紅茶の用意が終わってから、第二の主役、ケーキをテーブルに運ぶ。

シンプルなイチゴのショートケーキ。

サイズはもちろん、ホールだ。

メリークリスマスと書かれたホワイトチョコのプレートの横に、サンタの飴細工が添えられている。

「銀、ロウソクは？」とユズ。

「あるぞ。やるか？」

「あったり前でしょ！」

キャンドルに火を灯して、明かりを落とす。

ロウソクの優しい光が、生クリームの白色に優しく溶ける。

「灯佳、写真撮るわよ。こっちこっち」

ユズが桐原の肩を引き寄せて、ツーショットを撮影する。

その後、俺も呼ばれて三人で写った。ユズは、俺と桐原のツーショットも撮ってくれる。

「データ、あたしがスマホで持っておくよ。卒業したら送ってあげる」

「悪いな、気を遣わせて」

「……ありがとうございます」

あれだけメッセージのやり取りをしているのだから、今さらな気もするが、そういう注意は大事だと思う。

「いいってことよー。ついでだから、ケーキ入刀も二人でやったら？　撮ってあげる」

ユズはからかい気味に言ったが、桐原はまんざらでもなさそうだった。顔を下に向けて、指を組んでモジモジしている。

「……ナイフ、持ってくる」

少し恥ずかしかったが、付き合うことにした。

ユズが撮った写真を確認すると、桐原は照れながら笑っていた。喜びを噛み締めるような、いい顔で写っている。

写真を見た桐原が、「ねぇねぇ」と袖を引っ張ってきた。

「ケーキ入刀ってさ、実際の結婚式でもやるの？」

「……やるんじゃないか？」

あまり詳しくはないけど、逆にやらないイメージがないので、適当に答えてしまった。

「あー、だめだめ。そんな軽く答えちゃダメよ、銀」

ノンノンノン、と授業で生徒を指導するような仕草を交えてユズが割って入ってきた。

「結婚式はオプションの嵐よ。お金を出さなきゃ、ウェディングケーキは出てこない。ケーキ入刀もサービスだから、お金が掛かる。逆に言えば、お金さえ出せば色々やってくれるわ。ライトアップ、スモークの演出、ファーストバイトにカメラマンの増員。なんでもござれよ。気になるなら、今のうちに調べておきなさいよ、灯佳。現実と理想の狭間、埋めておきなさい」

ふむふむ、と桐原が素直に頷く。

雑談と撮影タイムが終わったら、デザートタイムだ。

「灯佳。チョコレートプレート、遠慮しないで貰いなさいよ。こういうのは年少が貰うって、相場が決まっているんだから」

「ユズは末っ子だから、いつも貰っていたんだっけか？」

「そうそう。お姉ちゃんと兄ちゃんは、私が生まれる前に貰ってたって」

「柚香さん、兄弟がいるんですね」

「うむ」

雑談を交えながら、ケーキを切り分けていく。

本当にシンプルなショートケーキだったけど、生クリームとスポンジが絶品だ。

「やっぱり、デパ地下だと外れないねー。すっごい口当たりが爽やか。くどくない」

「甘いけど、上品だよな」

「そういうものなんですね」

「この違いがわからないとは。ひょっとして灯佳、ケーキあんまり食べたことがないクチ？」

「かも、しれません」

別に不思議ではない。

俺が作るまでは、家庭料理の味も知らなかったくらいだ。食に興味がなかったんだろう。

「もったいない！　人生を損している！　今度、買ってきてあげるわよ。ケーキ屋さんのケーキは、工場で作っているモノとは別物よ」

「……太りませんか？」

「…………チートディの日に、食べよう」

二人の軽妙なやり取りに、つい笑ってしまう。

すると、ものすごい目で見られた。

「笑い事じゃないわよ」「切実なんだからね、銀！」

「あ、あぁ……」

こいつらは俺を非難するときだけ、たまに仲が良い気がする。

理不尽だ。

甘い物は別腹、という宣言通り、立派なホールケーキは料理でパンパンだったはずの腹に無事、しっかり収まった。

「……お腹いっぱいになったところで悪いんだけど、二人にプレゼントがあるの」

桐原は席を外し、自分の部屋へ引っ込む。

戻ってくると、リボンでラッピングされた袋を四つ持っていた。

「クッキーのレシピをね、クラスメイトに尋ねて作ったの。明日までなら食べられるはずだから。……柚香さんも、どうぞ」

桐原はまず二つ、袋を俺たちに渡してくれた。

「ありがとーっ！　いつの間に作ったの？」

「昨日、柚香さんが出掛けていたときです」

「桐原。いま、食べてもいいんだよな？」

「あ、うん。もちろん」

せっかくなので、ひとつ頂くことにした。

「じゃあ、あたしも」とユズが続く。

くるみとチョコチップのクッキーだ。

素朴だけど、しっかり甘い。手作りの良さがふんだんに感じられる。

「おーいしーっ！」「腕を上げたな、桐原」

「ふふっ。よかった。気に入ったなら、また作るね。あと、これ、プレゼントも……」

遠慮した手つきで、残りの袋も渡してくれた。

「おっ、アロマキャンドルじゃん！」

「何も用意しなくていい、って柚香さんは言ってたけど、そういうわけにもいかないから」

「プレゼント選びもクリスマスの醍醐味だしねぇ。ありがと。今度、一緒に使うわよん」

「俺は、家で楽しませてもらうよ」

ユズに目配せをすると、ユズも指で丸を作って頷いた。

「んじゃ、流れに乗って、あたしたちから灯佳へプレゼント、渡しちゃいますかー」

「え、まだあるんですか？」

「あるに決まってるでしょ！」

「てっきり、料理だけかと……」

「んなわけ、ないない。ほら、一緒に来なさい。銀は待っててね」

「あぁ」

桐原はユズに背中を押されて、いったん退散する。

俺は全員分の紅茶を淹れ直しながら、のんびり待つ。

「えっ、こんなにたくさん……っ⁉」

よほど驚いたのか、奥の方から桐原の声が聞こえた。

次いで、ユズの声が聞こえる。

「いいから！　受け取りなさいってば！　ほら、銀に見せるんだから！」

……たぶん、桐原が受け取りを躊躇したんだろう。

何を贈るかは聞いているが、俺は実際にモノを目にしていない。

どんなふうになって出てくるか——桐原が喜んでくれるかどうか——期待でソワソワしていると、ユズがにんまり笑いながら、先に戻ってきた。

「灯佳、ほらっ。おいで」

「…………」

桐原は、不安そうな面持ちで出てきた。

おぉ、と思わず声が漏れる。

＊＊＊

……私が姿を見せると、銀は驚いたあと、嬉しそうに微笑んでくれた。

そのまま、銀は私を上から下までチェックする。

頭はリボンがついた、白色のベレー帽。上半身は、これまた白色のロングポンチョに、下はグレーのハーフズボン。寒くないように、脚はチェック模様のタイツで覆われている。

じっくり見られて、正直、とても恥ずかしい。

「どうよ、銀っ！　あたしのフルコーディネートの威力！」

「驚いた。いつもと雰囲気が違うけど、よく似合っている。可愛いが、大人っぽくもある」

「すごいでしょ！　灯佳、ポンチョの胸元、開いてあげなさいよ」

私は黙って、こくり、と頷く。

恥ずかしくて声は出せなかった。

ポンチョのボタンを開き、下に着ていた服を銀に見せる。ポンチョとは正反対の色、黒地のシャツだ。けど、胸元のリボンは白色。

「良い意味で、ピアノの発表会的な上品さがあるな」

「ね〜っ。ちょびっとロリータ気味な味も入って良い感じよね。色をワインレッドにして少し背伸びさせようかと思ったんだけど、綺麗さよりも、今しかない『可愛さ』みたいなのを前面に出したかったわけよ。わかる？」

「わかるわかる。桐原は美人だけど、可愛さも同居しているからな」

銀の素直な好評を聞いて、耳が熱くなるのを感じた。

……恥ずかしい。

「さてさて。灯佳自身の感想は？」

「……こういう服は、自分では買わないから、戸惑ってます」

「でも、好きでしょ？」

「……………可愛さに、振り過ぎてませんか？」

「いいのよ！　その系の服ってさ、あなたくらいの歳が、あなた自身が一番、なんの憂いもなく着られる時期なの。今のうちに楽しみなさいな！」

「………………上から下までだと、高かったんじゃ？」

「だーいじょうぶ大丈夫。臨時収入的なのがあったから。具体的には、茶封筒一個分？」

……茶封筒？

いったい、なんのことだろう。

銀も首を傾げている。

「とにかく、気にしなさんな。鏡の前、行こう。髪の毛、とかしてあげる」

柚香さんはリビングの姿見の前で、丁寧に私の髪を整えてくれた。

こういう服は、カナちゃんみたいな女の子が着るものだと思っていたのに。

鏡の中に映る私は、ちゃんと、可愛い。

「喜んでくれたみたいね」

柚香さんは嬉しそうだ。……はい、と。私はようやく素直に頷けた。

「あんた、化粧はできるの？」

「……それは、教わりました」

「おっけ。じゃあ、お母さんと服屋に買い物に行ったことは？」

「……」

「他の大人のオンナとは？」

「…………ないです」

「じゃ、お正月になったら初売り、一緒に行くわよ。服もだけど、すぐに剝がせるネイルシール選んであげる。冬休みの間だけ付けるといいわ。テンション上がるわよ〜。大人のセンスで選ぶファッションの一端、体験させてあげる」

柚香さんはクシを置いて、リボンと帽子の位置を整えてくれる。

「あんた、物分かりよくて、頭が良くて、他の子よりしっかりしてるけど、やっぱりまだまだ子供なのよ。銀やあたしだけじゃなくて、もっとたくさん、色々な大人と接してみなさい。世の中を知ったら、まだまだ伸びるから。もっともーっと、イイ女になれるわ」

その言葉は、私の胸に深く突き刺さった。

脳を直接、揺さぶられたような息苦しさを覚えたあと、私は理解した。

（あぁ、そうか……だから、銀は、ずっと……）

銀は言っていた。

私を待っている、って。

『俺以外の人間をたくさん見て、ちゃんと大人になって、それでも自分を選んでくれるなら、そのときは――』って。

その言葉の意味を、理解していたつもりだった。

でも、いま柚香さんからも同じことを言われて、実際に、私が知らない世界を体験させてくれたおかげで、はっきりわかった。

今、体験した新しい発見が、知らない自分に出会えた瞬間が、銀が言っていたことなんだ。

たくさんの大人と出会う意味で、銀が、私を待ちたいと言っていた意味なんだ。

気が付けた瞬間、私は、声を引き込んで喉を震わせた。

「灯佳？　え、え？」

柚香さんが慌てる。でも、私は涙腺の崩壊を止められない。

せっかく貰った服を汚したくないのに、髪も整えてくれたのに、どうしようもなかった。

「ど、どうしたんだ」

銀もそばに来てくれた。二人に挟まれた私は、泣きながら感情を吐き出す。

「わがままばかり言ってごめんなさいぃ～……っ」

銀と柚香さんは、顔を見合わせ、「なんだ？」「わかんない」といった風で、困っている。

……私が理由をちゃんと説明できるようになるまで、もう少し、掛かりそうだった。

＊＊＊

俺、羽島銀は泣き止めない桐原が途切れ途切れに伝えてきた話を、いったん整理する。

「……つまり俺が言っていた意味が、わかっているようで、わかっていなかったと。やっとわかったと思ったら、涙が止まらなくなった……で、合ってる？」

ユズの腕の中で、桐原はまだグズついている。二人でソファに座っているんだけど、桐原はまだグズついていて、離れるのが難しそうだった。

「灯佳は、自分の感情に振り回されるタイプなのねぇ。ほら、顔をちゃんと拭きなさい。肌荒

れするわよ」

ユズは甲斐甲斐しく、ティッシュで桐原の目元をちょんちょんと押さえている。

「ごめんなさい……」

震えた声で桐原はまた謝ってくる。

「いや、いいよ。しかし、なんというか……わかってもらえて嬉しいよ」

あ、いかん。

俺も涙腺に来てしまった……。

目頭をおさえて、どうにか耐える。

「なんで銀まで半泣きなのよ」

「……桐原に考えが伝わったことに、感激を禁じ得ない」

「うわ、現国の教科書みたいな言い回し」

「……教師なんだから、いいだろ」

ユズなりの慰めだ。

軽く洟をすすって、桐原に視線を注ぐ。

ユズから離れて、落ち着く努力をしているみたいだ。

「感情激重カップルめ」

「……柚香さんに、言われたくないです」

「うぐっ……反論できない」

不毛な争いだった。桐原とユズがため息と一緒に肩を落とす。

「服を着たところも写真を撮るつもりだったけど、それどころじゃなくなったわねぇ。後日にしよっか」

時計を見ると、夜の九時を過ぎていた。

「銀、今日はどうするの？」

「帰るつもりだったけど、どうするかな。キッチンの片付けも残っているし」

「泊まっちゃえば？　明日、休みでしょ？」

ユズは軽く言うが、俺と桐原は迷う。互いに視線を結んで、相手の考えを探る。

「……泊まってくれたら、嬉しいけど、なんか、今日は……」

「色々と、まずいことになりそうだよな……」

「うん……あの、銀。本当に、ありがとうね……泣いちゃったんだけど、すごく、幸せなの……なんか、ふわふわしていて……」

まだ感極まっているのか。桐原は言いたいことをうまく繋げない様子だった。

「これからも……よろしくね？」

「あぁ、こちらこそ」

「……で、結局、泊まんないの？」

「まぁ、そうだな」

「そんなこと言わずに、今日くらい泊まっちゃえばいいじゃない。もし泊まるならさー、二人に提案があったのよね～。あと、銀にプレゼントも」

バタバタして渡し損ねたが、俺もユズにギフトカードを用意していた。

ユズも何か用意していたのか。

「ネットで仕入れた高級ゴム。極薄、ローションつきのイイヤツね」

「……なんだって？」

「だから、コンドーム。泊まるなら使うでしょ？」

俺の中で時間が止まった。

開いた口が塞がらない。

「え、何そのリアクション」

「使うわけないだろうがぁっ！」

「え～、それは灯佳がかわいそうでしょ～。クリスマスよ？　聖なる夜よ？　あたしには気を遣う必要ないし、二人がいいなら、あたしも交ざりたいし」

交ざる？

「……交ざる？」

桐原も、呟いて固まっていた。

「相手がいる相手とはしないけど、あんたたち二人が相手で、あなたたちが許可してくれるなら、話は別。喜んで交ざっちゃう」

ユズは妖しく笑って、軽く出した舌先で唇を湿らせる。

「昔、友達カップルにそういう趣味をカミングアウトされて付き合ったけど、楽しかったのよねぇ。あのワクワク、ドキドキ、再び、みたいな？」

桐原と視線を合わせて、腹を探り合う。

――どっちが説明する。やっぱり俺か？

はい、的な感じで頷かれたので、話を進める。

「……ユズ、誤解しているみたいだけど、俺と桐原は普段、シてないんだよ」

「は？　……は、え？」

今度はユズが動揺する。

「いや、でも、まったくシないわけじゃ、ないんでしょ？」

うっ、と言葉に詰まる。

「いや、まぁ……俺が酒に酔って、一回だけ……」

情けなさと後悔が押し寄せて、一気にテンションが下がる。でも、桐原が「ち、違うの」と声を差し込んできた。

「銀、ごめん……あの日も、私たち、シてない……」

「銀、酔ってたけど、ちゃんと話してくれて、私も、シないでおこう、ってなったの……タイミング逃したり、あの日に言ってくれたこと、大切にしたかったから、銀に、なんとなく言えなくて……ごめんなさい……」

へ？　と俺が呆ける。

しおれた桐原が、小さな声で謝ってくる。でも、俺に怒りはない。

「本当に、ごめんなさいっ……」

「ああ、いや、いいんだ、いいんだよ、桐原」

桐原がまた泣きそうになってしまったので、慌てて慰める。

「むしろ、ホッとしたよ……あれは本当に、落ち込んでたから……」

桐原の反応を見るに、本当に、俺は桐原とシていないんだろう。

自分で勝手に決めたラインなんだけど、大人の面目を守れた気がして、救われた心地だった。

「でも、俺、何を言ったんだ？」

「……それは、内緒にさせて。ただ、絶対、悪いことは言ってない！　むしろ、すごかったの！　銀のこと、本当に好きになった瞬間だったから、まだ、内緒にさせて。いつか、話すから……」

「そ、そうか」

なんだかよくわからないけど、悪い話ではないらしい。

そういうことなら、いつか話してもらえる日を、ゆったり待とう。

「え、じゃあ、本当に、シてないわけ？」

完全に手を出していないわけじゃないが……その辺りを言うとややこしくなるので、黙った。

「うそでしょーっ⁉　あたしが銀の家に転がり込んだあと、同棲もしてたのに、まだぁっ⁉」

「桐原がそう言うのなら――まだだ」

よほど信じられなかったのか、ユズがよろめく。

あ、でも、とすぐに持ち直した。

「だったら、今日、ちょうどいいんじゃない？」

「何がちょうどいいんだよ。正しく日本語を話せ」

「ひどいっ⁉」

「ひ、ひどいのは柚香さんですよ！　がんばって、我慢してるのに……っ！　そもそも、柚香さんを交ぜる必要、全然ないですから！」

「え、そう？　灯佳にもメリットあると思うんだけど」

腕組みをした柚香が、ぴっ、と自信たっぷりに人差し指を天井へ立てる。

「あたしが二人に交ざるたび、銀の弱いところ、触り方、ひとつ教えたげる」

「……っ！」

桐原がざわめく。

「って、待て。俺抜きで話を進めるな」

「あらあら。あたしで童貞を捨てた誰かさんがうろたえていらっしゃるわ。灯佳、ますます魅力なんじゃない？」

「…………」

桐原も迷うなよ。

「……具体的には、どのような情報を、どのレベルで頂ける？」

「おい」

「そうねぇ。たとえば、銀は指が弱かったりするのよね～」

「ゆ、ゆびっ……？」

「こら、ユズ。桐原も――」

「銀、ちょっと黙ってっ！」

「お、おぉ……？」

……怖い。

「柚香さん、続きを。指って、手の、ですか？」

「レアだけど、感じるひとっているのよん？　銀の場合は触るのはいまいちで、舐め方にコツがあるんだけど」

「どういう？」

「それはまだ言えないわねぇ。安売りしちゃったら交渉にならないじゃなーい」

「…………」

おい。黙るなよ、桐原。

「ほほほ。興味、あるでしょ」

「それは……」

「ネタはたくさんあるわよ～。……どうする？」

「…………いやっ！　やっぱりだめです！」

「ちっ。だめか」

「当たり前だろうが。まったく……」

ユズにも桐原にも困ったものだ。

「……柚香さん。交ざるのを許可する以外に、その情報を得る方法は？」

「こら、やめろっ！」

つい、仕事中の口調で一喝してしまった。

変に結託されないように、桐原にもユズにも、釘を刺しておかないとな……。

結局、クリスマスの日はキッチンの片付けを済ませて、深夜に帰宅した。

今日は休み明けの月曜日だ。

思い出した仕事があって早めに出勤すると、暮井さんが先に来ていた。

「あら、おはよう。良いクリスマスを過ごせた？」

「はい、おかげさまで」

ユズのせいで最後の方はぶち壊しだったけど、良い日だったのは間違いない。

暮井さんも、とても機嫌が良かった。

「そちらも、良いことがありましたか？」

「えぇ。こっちも久しぶりに会えて、ゆっくり過ごせたから」

例の『神様』とだろう。

「英気も養ったことだし、仕事納めまでもうひと踏ん張り、しっかりやりましょうか」

「はい」

朝の職員会議まで、暮井さんと仕事に集中した。

本来の出勤時間になり、先生が揃うと、校長が連絡事項を伝え始める。

「今日も特になし――と言いたいところなのですが、一件、連絡があります」

校長が神妙に話を切り出す。

なんだろう、と思いつつ、こちらも聞く姿勢を取る。

「既にご存じの先生もいると思いますが、最近、校内で『教師と交際をしている生徒がいる』

という噂が流れている件です」

……じとり、と嫌な汗が手に浮かぶのを感じた。

「これ自体は、特に珍しいことではないのですが——とある生徒と保護者から連絡がありまして。我が校の教師と生徒が校外で会い、親しくしているところを見かけた、という話です」

動悸がして、不安が全身を駆け巡る。

隣にいる暮井さんが、小さく身じろぎしたのを感じた。

「今朝はこの件について少々、説明をお願いしたく——よろしいですか、先生」

校長が、俺たちの方へ呼び掛ける。名前も呼んでいたようだが、動揺のせいでうまく聞き取れない。

——終わった？　という思いだけが、その瞬間の全てだった。

# 4. 桐原灯佳・宝物：内緒

年が明けて、正月休みに入っている。

俺を育ててくれた両親は、普段は特に信心深くはない。

だけど、不思議なもので、正月になるとなかなか口うるさかった。

『一年の計は元旦にあり』という言葉が好きで書き初めをやらされたこともあったし、初詣は欠かさなかった。それどころか、可能であれば零時を過ぎたら参拝に行くのが望ましい、という考えすらあった。

その影響もあって、俺も家を出て一人で暮らすようになっても、初詣は必ず行く。

さすがに、零時を回ってすぐ——とまではいかないけど、起きたら毎年、神社へ足を運ぶ。

今も、長い列に並び、順番を待っている。見渡せば、カップルの姿も。

夏頃には桐原と『できれば行きたいね』と話していたけど、結局は叶わなかった。

……ちなみに、参拝に来ている俺は普段着ではなく、変装していた。

参拝が終わったあと、桐原の家に行く予定だからだ。

桐原とユズが、俺を待っている。

今の状況を知らせて、これからのことを話し合うために、俺を待っている。

桐原の家に着き、チャイムを鳴らす。玄関扉を開けるとクリスマス同様、二人は俺を出迎えてくれる。

「いらっしゃい」

桐原に促されて家に入る。桐原もユズも部屋着ではなかった。

「そっちも出掛けたのか？」

「灯佳と二人で初詣にねー。ついでに初売りも見てきたかったんだけど、最近って元旦はお店開いてないみたい。服を見たかったんだけどな」

クリスマスの約束を、さっそく果たそうとしたらしい。

仲が良いことは、良いことだ。俺と桐原の関係と違い、桐原とユズに関しては、何も心配することがない。この関係は、これからも続いてほしい。

俺とユズが話している間、桐原は喋らなかった。

このあとに話し合いが控えているから、緊張しているのかもしれない。

かく言う俺も、やっぱりどこか落ち着かない。

「……で、話し合い、だっけ？」

三人でテーブルに着くと、ユズが話を向けてくれた。

「その前に、学校の噂の方だな」

「灯佳からちょっと聞いたけど、先生と生徒が付き合っているんじゃないか、ってヤツね」

「……あぁ」

先日、職員室で起こったことを思い返しながら、二人に説明をしていく。


あの日、校長は噂の件を共有して、当事者として保護者から疑われた教師の名前を呼んだ。

呼ばれたのは俺ではなく、二年生の学年主任、溝口先生だった。

「この度は、私の件でお騒がせして、誠に申し訳ございません」

溝口先生はまず、丁寧に頭を下げた。

「結論から申し上げますと、校外の私的な時間に、とある生徒と会っていたのは事実です」

ざわつきが漏れたわけではないけど、職員室に動揺が走ったのは肌で感じた。

実際、俺も驚いたし、隣にいた暮井さんも揺れたように思う。

溝口先生は仕事に厳しい人物でお酒好きだけど、人柄は確かだ。

そんなひとが、プライベートで生徒と会っていたというのが、どうも結び付かない。

……当然、俺にそれを非難する資格がないのは、重々承知している。

「ただ、ご理解いただきたいのは、私も当の生徒も、けっしてやましい目的で会ったわけではないのです。このような形で話をすることになったのも、自分が至らなかった過去の話を聞かせるのも大変申し訳ないのですが――」

やや言いにくそうにしながら、溝口先生は平たんな口調で告げる。

「私は、過去に離婚を経験していまして。娘がひとりいるのですが、別れた妻が引き取り、今も育てております。……既に察した方がおられるかもしれませんが、娘は理由あって、本校に通っています。私が校外で会っていたのは、その生徒です。別れた妻の許可を得て、クリスマスの昼間に娘と会っていただけなのです」

あぁ……と、今度は職員室に安堵と納得の空気が流れた。

「あまり時間が取れず、やむなく近場で会ったのですが、軽率でした。保護者や生徒の目に触れたとき、皆様にご迷惑をお掛けする可能性に、思い至りませんでした」

事情を聞けば、何も非難することはない。

でも、事情を知らずに目撃すると、今回のように疑われる。

「校長には説明をして、問題なしとご判断いただけました。連絡をいただいた生徒、保護者の自宅にも教頭と共に伺い、自ら説明をいたしました」

結果、何も問題なく、穏便に話が済んだらしい。

「生徒たちの間で噂になっている件との関連につきましては、正直なところ、心当たりがありません。何分、娘も私も、校内では極力、話をしないようにしているものですから……ただ、今後は今回のようなことがないよう、注意していきます。今後とも、よろしくお願いします」

そんな具合で、溝口先生の話は終わった。

しかし、溝口先生はその後も、空き時間に先生ひとりひとりに謝罪して回った。律儀な溝口先生らしい。

教師になり立ての俺みたいな新人のところにも、わざわざ席まで来て、謝りに来てくれた。

「何も気にしないでください。最初はびっくりしましたけど、別に、溝口先生は何も悪いことをしていませんから」

建て前ではなく、本当にそう思っていた。

他の先生も一緒のはずだ。

話はそれで終わりかと思いきや、溝口先生は声を潜めて、俺にだけ伝えておきたいことがある、と言ってきた。

「……実は、うちの娘は、羽島先生の受け持ちでして」

突然の話に、俺は言葉を失う。

「引っ込み思案な子で、小学校のころ、離婚したあとの転校先で学校に馴染めず、人間関係に悩みましてね。助けを求めた男性教員の対応もまずかった。それを引きずり、中学では休みがちになり――私が勤める高校ならば、と森瓦学園を受験して、通うようになったんです」

話を聞いて、ひとり思い当たる生徒がいた。

男性不信気味で、前に出るのを嫌がる……。

「……違ったら申し訳ないのですが、小林、ですか？」

溝口先生は苦笑しながら頷く。

「妻の姓です。最近、ようやく落ち着いて学校に通えるようになった、と娘は話していました。あの子は羽島先生に感謝していましたよ。自分みたいな明るくない人間にも、文化祭で居場所を作ってくれた、とね」

「それは……とても嬉しいことですが、俺は何もしていないですよ。溝口先生のお子さんがしっかりしているからです」

「ありがとうございます。ですが、娘をそんなふうに言ってくれる先生が今までいなかったのも事実です。……我が身を振り返っても思うのですが、どうしても、我々は明るく、物分かりの良い生徒にプラスのイメージを持ちやすいですからなぁ」

否定は、できない。

教師だって人間だ。

事実、俺だって、桐原にとても助けられた。東にも、笠原にもだ。

あの辺りの生徒がクラスを引っ張っているのが現実なんだ。

「業務に私事や私情はけっして持ち込んでいませんが、教頭が気を利かせて、クラス分けのときに桐原と同じクラスにしてくれたことも、正直ホッとしましたよ。予想通り、桐原とはウマが合い、助けられているようです」

……それは、桐原も同じのはずだ。

クリスマスに俺とユズが受け取ったチョコチップクッキーは、おそらく、小林のレシピだ。

「私の娘だから、と特別扱いする必要はもちろんありません。しかし、親として、どうしても羽島先生にお礼を申し上げたかった。進級まであと数ヶ月……引き続き、よろしくお願いいたします」


「……という話だったんだが」

「うえっ、うええんんっ……」

「なんでユズが泣いているんだ……」

「だって、お父さん、すごく良いひとだし、その娘さんも、よかったなぁ、だし、銀が、先生としてちゃんと慕われていて、上司にあたる先輩に、そんなふうに感謝されているのかと思うと……」

ユズはティッシュの箱に手を伸ばして、ずびーっと洟をかむ。

その隣で、桐原は熟考していた。

「そっか、小林さんが溝口先生の――言われてみると、思い当たる節、少しあるかな」

「そうなのか？」

「本当に『言われてみると』っていうレベルだけど。人生、色々だね」

「そうだな。……で、溝口先生の話はここまでにして、本題である、今後の俺たちの話をしたいわけなんだが――」

正直、桐原にとっては、あまりいい話ではない。

けど、避けてはいけない。

「溝口先生の話を聞いて、あらためて思ったんだ。教師として生徒たちの前に立つ以上、世間に公にできないことはなるべくするべきじゃないし、俺と桐原の関係は、絶対にバレちゃいけないんだって」

涙を拭いていたユズも、動きを止めて聞く姿勢に入る。

桐原も、黙って俺の言葉を待っている。

「俺は、桐原と遊びで付き合っているわけじゃない。暮井さんにも言われたことがあるけど、たまたま好きになったのが生徒で、年下だっただけ、と思っている。でも、もしもバレたら、そんな言い訳は絶対に通用しないだろう。感謝してくれた溝口先生を裏切ることにもなるし、小林もショックを受ける。……学校には、ひとが大勢集まっている。考え過ぎかもしれないけど、そこに関わる先生、生徒、全ての人間が変な目で見られるようになる可能性だってある。バレたとき、俺たちが考えているよりも周りへの影響が多いことを、今回の件で、あらためて知った。……わかっているようで、わかっていなかったんだ」

「……そっか。……そうだね、そういうことって、あるよね」

桐原はしみじみと呟く。

ユズは、ははぁ、と頷く。

「要するに銀は、自分の人生が終わることより、周りのひとに迷惑を掛けるのが嫌なんだ？」

「そうだな。自分が破滅するのは自己責任だけど、大勢に迷惑を掛けてしまうことは、どうやったって償えない。……もちろん、桐原にだって、償えないし」

「私は、別に……だって、覚悟して銀と――」

「ストーップ、灯佳。そういう話じゃないわけよ。あくまでも、銀の中ではそう、ってことよ。あんたもわかってるでしょ。このひとがどれだけクソ真面目か、って」

「別に、銀の気持ちは否定してないです。ただ、一緒に背負う覚悟はあるよ、って伝えたいだけです」

「……灯佳からすれば、それもそうか。ごめん。余計な口を挟みました。多謝」

「お気になさらず」

ユズとの話を区切った桐原は、俺に視線を向ける。

「銀は、やっぱり卒業まで私と距離を置きたい、って話をしたいんだよね？」

「……わかるか？」

「わかるよ。今回はちゃんと、わかってると思う」

桐原は、とても落ち着いている。

「寂しくないって言ったら嘘になる。でも、反対しないよ。賛成だよ。元々、そうしようって話をしてたしさ。私だって、銀を守りたいからね。卒業まであと一年と少し――そこまでがんばるだけだから」

受験の時期は、どうしたって親と接することが多くなる。

その間、桐原が不安定にならないか、心配ではあるんだけど――。

「……でも、距離を置く前に、最後にひとつだけ――わがままを言ってみてもいい？　無理だったら、無理でいいの。だけど、一年がんばれるように、何か大変なことがあっても、勇気が持てるように――」

「灯佳、そんなに前置きすると、聞くのが怖くなっちゃうわよん？」

「珍しく、ユズの言う通りだが、覚悟して聞いてみよう。桐原、俺に何をしてほしいんだ？」

促しても、桐原はすぐに言わなかった。

下を向いて、上目遣いになって、ようやく言ってきた。

「ウェディングフォトの、前撮りをしてみたい」

……。

まったく予想していなかったので、すぐに反応できない。

「また、ずいぶんと思い切ったわねぇ……」

ユズの指摘を受けて、桐原は両手で顔を覆い、耳まで赤くなる。

「ごめんなさい。自分でも、激重なことを言っているのはわかっているんだけど、軽い気持ちで調べてみたら、やってみたい気持ちが、抑えられなくてっ……」

桐原がウェディング関連を調べるきっかけになったのは、クリスマスパーティーの『ケーキ入刀』らしい。

ユズから見ておいた方がいい、と言われて、優等生の桐原は素直にそれを実施した。

その過程で『写真だけの結婚式』というサービスがあるのを知ったのだとか。

「……すまん。別に、非難するつもりはない。でも、色々と問題があるような……俺は詳しくないんだが、ああいうのって高いんじゃ……？」

「スタジオ撮影で、小物をレンタル、小さいアルバムつけて五万円から、十万円くらい……」

「け、けっこうな額のおねだりだな」

「違うの！　私、今年はやらなかったんだけど、去年、冬休みに短期のバイトをしてたんだ。だから、お金は全部、私が出せる。少し遠出した先のスタジオとかで『ワケありで式を挙げられないから、内緒で撮ってほしい』って言えば、バレることもないと思うんだ」

……となれば、あとは俺の気持ち次第、というわけか。

「それも『不謹慎だ。だめだ』って銀が言うなら、諦める」

「そんなことない。桐原がそれで満足できるなら、付き合うぞ」

「本当っ？」

「あぁ。それに、金も半分出す。俺にとってもめでたい写真だし」

「……っ！　ありがとうっ！」

桐原は満面の笑みだ。

隣で、ユズが「うーんうーん」と唸り始めていた。

「ユズは、反対か？」

「いや、そうじゃなくってェ……自分の気持ちに、折り合いをつけているというかァ……うう、うウウ～……えぇいッ！」

ばしんっ、とユズが自分の頰をはたく。

「二人の気持ちはよくわかった。……そういうことなら、協力します」

後日。具体的には始業式の翌日——俺と桐原は、ユズが運転する車の後部座席に座っていた。

車はユズが手配したレンタカーで、早朝から目的地に向けて移動している。

「柚香さん、運転できるんですね」

「まぁねー。あたし、乗り物好きなのよー。タクシー免許も持ってるくらいなんだよね」

向かう先は、県外の山奥らしい。

そこに、ユズの友人が勤める結婚式場がある。

問い合わせたら、『平日、空いている時間ならば格安で承れます』と快諾してくれたらしい。

ドレスと小物のレンタルはもちろん、メイクと、ヘアメイクも手配。

しかもスタジオではなく、チャペルで撮影してくれるというのだから、まさに破格の条件だ。

直近で空いているのがちょうど推薦入試で学校が休みの日。

俺も休んで良い、とされていたので、すぐに計画を立てて——という流れだった。

「二人とも、今のうちに寝ておきなさいよー」とユズが言ってくれたので、お言葉に甘える。

うとうとしている間に寝落ちして、目が覚めたら山奥、式場の近くだった。

「あ、銀。あれかな？」

駐車場から教会らしい建物が見えた。

目に見えて、桐原のテンションが上がる。

俺はどちらかと言えば、緊張の方が勝っている。

建物に入ると、ロビーにさっそくウェディングドレスが飾られていた。

わぁっ、と桐原が歓声を上げる。

「すっごい綺麗……」

俺も同じ感想だった。

ライトアップのおかげで、ドレスの至るところがキラキラと輝いている。ユズは受付で話をしていたが、すぐにスーツを着た女性と俺たちのところへ戻ってきた。

「本日はお越しいただき、ありがとうございます」

「こちら、井上さん。あたしの友達で、ウェディングプランナーよん」

「お世話になります」

俺が頭を下げると、桐原も「よろしくお願いします」と丁寧に頭を下げる。

「ご丁寧にありがとうございます。さっそくですが、時間にあまり余裕がないので、新郎新婦様、共に控え室へご移動ください」

本来ならドレスや小物を選んで、内容を相談する時間があるらしい。

今回は格安でやってもらえる代わりに、式場が用意してくれたもので撮影する、という約束になっている。

桐原と別れて、控え室で服のサイズを確認された。

オーソドックスなタキシードに着替えると、ヘアメイクさんのところへ案内される。

途中、ユズと井上さんが来て、撮影時の注意事項なんかを軽く説明された。

俺への説明を終えると、井上さんは桐原のところへ向かい、ユズだけが残った。

「どうしても灯佳の方が準備に時間が掛かるからね～。退屈しないよう、話し相手に来てあげたってわけ」

「それは、どうも。……しかし、立派な式場だな」

「うん。いいでしょ。場所が不便以外は完璧よ。チャペルも綺麗だし。……灯佳には言わなくていいけどさ、本当は自分で使いたかったわけよ！」

「あぁ……やっぱり……」

なんだか、そんな気はしていた。

「しょうがないじゃない！　クリスマスパーティーのときにケーキ入刀を煽ったのもあたしだったし、なんなら、結婚式について調べとけって言ったのもあたしよ!?　もう責任取るしかないじゃんッ！」

「いや、それは、ひとによると思うが……でも、ユズは、そういうのを気にする奴だっていうのは、わかるぞ」

「わかってくれる!?　そうよね、あたしって、そういう奴よね……でも、そんな自分が、今は憎い！　なんで、なんで、なんでぇぇっ……」

「はいはい、よしよし……」

わりと本気で落ち込んでいるらしいユズを、とりあえず慰めてやる。言葉でのみ、だけど。

さすがに、頭は撫でない。桐原に見られたら、殺されかねん。

「昔からユズって、そういうところあるよなぁ……」

「……たとえば？」

「どこかの店で並んだ限定品。俺たちが最後の一個で、後ろの女の子が泣いちゃったの見て、譲ったろ」

「あぁっ！　あったなぁ……」

話の規模は異なるけど、状況としては一緒だと思う。

「あのときも立派だと思ったけど――今も、感謝してるよ。桐原に色々してくれて助かってる。ありがとな」

受け手によっては『煽られた』と怒りそうな言葉だけど、ユズなら、俺の気持ちがわかってくれると信じて、伝えてみた。

ユズはムスッと黙ったが、「……どういたしまして」と返事をしてくれた。

声の調子から察するに、まんざらでもない様子だ。

でも、それはそれとして、自分に腹が立つのか、きぃっ、と歯噛みもしていた。

「身を切る心地で紹介したんだから、写真、バシッとキメなさいよ」

「プレッシャーを与えるなよ……俺がそういうのに弱いって知ってるだろ？」

「知ってるから言ってんのー」

不貞腐れたように言ったユズは、ため息をつく。

でも、ぽつりと呟いた。

「灯佳、喜んでくれるといいわね」

「あぁ。……ありがとうな」

「本当よ。まったく」

適当な椅子に腰掛けたユズと雑談を続けて、ひたすら声が掛かるのを待ち続ける。

「本当に時間が掛かるのね!?」

「なんで先にユズが焦れているんだ」

「だって〜……おっ？」

控え室のドアがノックされる。

待ってました、と言わんばかりに座っていたユズが立ち上がる。

「失礼します。新郎様、準備が整いましたので、どうぞ」

井上さんの案内に従い、部屋を出る。

通路を出てすぐのところに、息を呑む光景が待っていた。

わぁっ、とユズもはしゃぐ。

「……銀」

純白のドレスに身を包み、ヴェールを被った桐原が、ブーケを手にして立っていた。

化粧をした顔も、口紅を引いた薄い唇も、ドレスに負けないくらい輝いている。

「銀、どう、かな」

「…………」

「あの、銀？」

「あ、すまん。ちょっと、感激していた」

「……そっか」

桐原の目尻にうっすらと涙が浮かぶ。

こらこらこら、とユズが駆け寄った。

「だめよ、灯佳。化粧が落ちちゃうじゃん～。がんばって引っ込めて！」

「……はい」

「そうそう、まばたき我慢して。乾かしなさい！」

「柚香様。多少崩れても、すぐにメイクが直しますから」

うん？　と桐原が戸惑う。

「井上さんって、柚香さんと友達なんですよね？　なのに今、柚香様って……」

「それはもちろん、柚香お――」「わぁあっ！」

ユズが井上さんに飛び掛かり、慌てて口を塞いだ。

「今、井上っちは仕事中だから！　職場ではさ、ね？」

ユズは井上さんの耳元で何かゴニョゴニョ言っている。

井上さんは「あ」といった感じで目を開き、軽く呟き返す。

これに頷き返して、ユズはようやく井上さんの拘束を解いた。

井上さんが頭を下げる。

「大変、失礼いたしました。職業柄、どうしても、必要以上に丁寧になりがちというか……その程度の話です。お気になさらないでくださいね」

「は、はぁ……」

ユズの奇行に驚いていた桐原も、それ以上は追及しない。

……実は、俺は井上さんが言い掛けた言葉の先の見当がついている。おそらく『柚香お嬢様』だ。なかなか自由な人生を送っているが、ユズの実家は、美容事業を営む大企業だったりする。

たぶん、この式場も、実家が関わっているんだろう。「大っぴらにしてもメリットは少ない」と、ユズは実家の存在を一部の人間にしか明かしていない。ユズ曰く、俺は数少ない情報共有者だったりするらしい。さっきの様子を見るに、桐原にはまだ知らせたくないのだろう。

ちなみに、そんなユズが実家を苦手としているのは、溺愛されて、過保護にされるからだ。「あそこにいるとダメ人間になる」という恐怖が勝るのだとか。……家庭と人生は、色々だ。

助け船を出すつもりで、話題を変えるため、井上さんに話し掛ける。

「本当に立派なドレスです。色々とお手配いただき、ありがとうございます」

井上さんも調子を取り戻したようで、「いえいえ」と笑った。

「今日はちょうど空いておりましたので、私共もありがたいです。撮影を行うチャペルへご案内いたしますね。本日は挙式を行うわけではありませんが、せっかくの機会ですし、新郎新婦様、腕を組んで移動されてはいかがでしょうか？」

「……銀がよければ、ぜひ」

控えめにおねだりしてきた桐原に、軽く頷く。

だが、結婚式には出たことがないので、作法がまったくわからない。

桐原の介添人を名乗るスタッフに教えられるまま、腕を横に差し出す。桐原がその腕をそっと掴むようにして、軽く組み合わせる。

「おー、それっぽい」と言ってくれたのはユズだ。

そのまま、先導する井上さんを追う形で通路を歩く。

時折、介添人にドレスの裾を持ってもらいながら進む桐原に歩調を合わせて、ゆっくり進む。

「ドレスってこんなに重たいんですね……」

「皆さま、そう仰られます」

介添人と話す桐原は、必死に抑えているけど、やはり浮かれている様子だった。

そして、そのテンションはチャペルに入った瞬間、また一段上がった。

はしゃいだり、歓声を上げたりはしないが、感激しているのは黙っていてもわかる。

ステンドグラスから差し込む光も、陽を浴びて輝くステンドグラス自体も、見事なものだ。

この式場、自慢の光景だと説明してもらえた。納得だ。

カメラマンも入ってきて、いよいよ撮影がスタートする。

「よろしくお願いします」

カメラマンの指示に従って、ヴァージンロードをゆっくり歩く。

ユズと井上さんは席の最前列に座り、振り返り、参列者に扮してくれた。

ステンドグラスの下で、式場が用意してくれたリングを使って、指輪の交換も演じる。

シャッター音が鳴るたび、桐原はくすぐったそうに目を細めていた。

「……ごめんなさい、またちょっと、泣きそう」

桐原は何度も感極まってしまい、そのたびに撮影が止まる。

それでもみんな、嫌な顔ひとつせず、桐原が落ち着くのを待ってくれた。

ワケアリだとユズに説明してもらえたおかげなのかもしれない。

現実には、俺たち以上のワケアリカップルもいるのだろう。

その辺りは、式場のひとたちも慣れているに違いない。

「あとワンカット、キスシーンはいかがいたしましょうか?」

井上さんの質問に、桐原が身を強張らせる。

「新郎新婦様によっては省くこともございます」

「えと、あの……」

桐原は返答に困っている。

代わりに、答えた。

「お願いできますか」

井上さんを始め、式場スタッフのひとたちはみんな、にこりと微笑んでくれた。

桐原だけが、不安そうに「いいの？」と聞き返してくる。

「だって、バレたら――」

「今さらだ」

冗談めかして言ったんだけど、桐原は泣き出してしまう。

落ち着くまで待ってから、準備をする。

桐原は念願だったウェディングドレスを着て、俺はタキシード姿で、静かに唇を合わせる。

いつもの情欲を貪り合うキスとは正反対の口付けだ。

だけど、桐原は今までで一番、幸せそうだった。


二月に入ったころ、桐原から『式場にお願いしていたアルバムが届いた』と電話が掛かってきた。

『すごいの！　本当に、すごいの！　……すごいのっ！』

大騒ぎだった。

電話を切ったあと、ユズからもメッセージが来ているのに気付く。

『飛び跳ねて喜んでたわよ。よかったわねぇ』

俺がアルバムを見せてもらえるのは、卒業後ということで話が通っている。

来年の楽しみがひとつ、また増えた。

＊＊＊

私、桐原灯佳は、幸せを満喫中だ。

送り主に式場と井上さんの名前が入った荷物が届いたのは、夕方だった。

私は柚香さんが夕飯を用意してくれているのも忘れて、写真に夢中になった。

ヴァージンロードを歩いている場面、指輪交換のために銀がひざまずいている場面、そして、銀が涙を浮かべる私にキスをしてくれている場面――。

どれも、夢のような時間だった。私の宝物だ。

自分の気持ちの重さが普通ではないことがわかっているから、最後の最後までお願いを口にするのをためらったけど、伝えてよかった。

「灯佳～。気持ちはわかるけど、ご飯を先に食べちゃいなさいー。写真は逃げないわよ」

柚香さんと食事をしたあとは、早々に部屋に戻った。

何度見ても、どれだけ見ていても飽きない。

ずっと、写真を見つめてニヤニヤしている。

お風呂に入ったあとも、いつもなら寝る時間になっても、嬉しさと写真に対する満足感が途切れることはない。

「……いい加減、そろそろ寝ないと」

明日も、生徒会の仕事で朝が早い。

ホームルーム前に、やらなきゃいけないこともある。

名残惜しかったけど、ミニアルバムを金庫の中へ片付ける。

この金庫は、アルバムが届く前に注文した。

単に、自分の宝物だから厳重に保管しているわけじゃない。

このアルバムは私と銀の関係を証明するモノ。

恋の証だ。

同時に、これは罪の証でもある。

私と銀の公しか知らない人間が見たら、糾弾する材料になる。

でも、だからこそ――私にとってこのアルバムはかけがえのない宝物なんだ。

「……銀が、私に、預けてくれた」

最初は、私が弱みを握って無理やり始めた関係だった。

あの録音データは暮井先生にバレたときに消したから、もう、私と銀の仲を証明するモノは、この世にない。

だけど銀は自分の意志で、それをまた私に与えてくれた。

さらに、私にそれを委ねてくれる。

信頼してくれている。人生を、預けてもらえたんだ。

このアルバムの存在は、ひとによっては、おぞましいと嫌悪するだろう。

でも、私は違う。……これ以上のモノを手にする機会が、この先の人生――あるのかな？

「幸せだよ、銀――」

この幸福感は、しばらく薄れそうにない。

……銀のぬくもりが恋しくなって、寂しくなったときは、あの写真を見て元気を出そう。

明かりを消して暗くなった部屋で、私はスマホの画面でタイマーを確認する。

卒業までの時間を計測し続けているタイマーの数字は、半年かけてずいぶん少なくなった。

あと、一年。

そして、もうすぐ私は三年生。

期末試験のあとに個人面談が終わったら　銀が担任を務めるクラスとも、お別れ。

――あぁ、そうだ。

「そうなると、銀は……」

かすかな不安が湧いたあと、すぐに、それを打ち払う対策を思いついた。

感動に浸っている場合じゃない。

まだ、銀に話さなきゃいけないことがある。

銀のために、みんなに呼び掛けたいこともある。

『大人になりたい』『自信がない』と言っていた銀が、きっと喜んでくれること。

これは、私にしかできないことだ。

私はまだ子供だけど——あなたの『生徒』だからできることがあるよね、銀。

＊＊＊

以前、暮井さんは俺に「年が明ければもう三学期。そうなったら新学年まであっという間」と言っていた。

その言葉通り、いつも通り過ごしているはずなのに、カレンダーの日付は急速に過ぎているように感じる。

——実感はないが、もう、二月の半ばだ。

三学期の中間試験と期末試験は、既に終わった。

最近は事前に告知していた個人面談を実施している。

放課後に一日数名。部活をやっていない生徒は、放課後直後に。部活で帰宅が遅い生徒は、部活が終わってから、という日程で進行している。

まだ生徒会のアレコレを引きずっている桐原には、遅い時間に予定を空けてもらった。

今日が、その日だ。

「失礼します」

約束の時間——の、キッチリ五分前。桐原は声を掛けながら教室に入ってきた。

「お待たせしてすみません」

「いや、俺もいま来たところだ」

ベタなやり取りが楽しかったのか、桐原はくすぐったそうに笑った。

「デートの待ち合わせみたいだね」

「あながち、間違いではないかもなぁ。最近は、全然二人で会っていないし」

「うん。教室では顔を合わせてるけど、お正月以来、うちには来てないし、仮に来たとしても、柚香さんがいるしね」

「……あいつ、まだ仕事が決まる気配ないのか」

「春から本気出す、って言ってたけど……そういうときの柚香さんって、どう？」

「あいつの行動が読めるなら、それはもう予言士の領域だ。……つまり、わからない。本当に春から本気を出すかもしれないし、突然、明日決まって出て行くかもしれないし、下手すると来年まで動かない可能性まである」

「あはは。それでもいいけどね。ルームシェア、楽しいし」

俺に気を遣っているとか、そういう裏はなさそうだ。俺が間に挟まらなければ、桐原とユズはとても相性がいいんだろう。

「さてと——積もる話は色々あるが、まずは普通の面談を済ませないとな」

「うん。ちなみに、今日の面談者は私で最後？」

「あぁ。ゆっくり話したかったからな。……とりあえず先に、先生と、生徒で」

「はい。よろしくお願いします、羽島先生」

すっ、と桐原がお利口さんモードに入った。

「まず、学園生活についてだな。クラスでは要所でみんなの意見をまとめてくれて、本当に助かった。……そして、生徒会、本当にお疲れ様」

「ありがとうございます。ようやく昨日、解放されました。最後の大役、選挙の応援演説も終わり、一安心です」

「見事な演説だったぞ。傑作だった」

桐原が支援したのは、俺に懐いていた女子生徒、生徒会のカナちゃん——川相カナだ。

お化けに本気でびびり、最後の最後まで悩んだらしいが、結局は自推で立候補した。

秘策として桐原の応援演説という鉄板のカードを切ったカナちゃんだったが、壇上の桐原が「頼まれたからここに立っていますけど、正直、やめておいた方が……」と切り出したことで、体育館は爆笑の渦に巻き込まれた。完璧なつかみだった。

「カナちゃんには、ちょっと悪いことをしましたけどね」

「問題ないだろ。そのあとはちゃんと応援していたじゃないか」

確か、こんな内容だった。

『どこへ行っても妹キャラで、イージーミスも多いです。すぐに調子に乗ります。本当に、心配と不安でいっぱいです。だけど、それでも挑戦したいという気持ちに胸を打たれたのも事実ですし、なんだかんだ言って、可愛い後輩です。そんな具合に『応援したい』と思わせてくれる愛嬌たっぷりの素敵なカナちゃん。失敗もするけど、その分だけ挽回して立ち上がってきた、根性のひと・川相カナです。当選したら、私とは違うタイプの生徒会長として活躍してくれると信じています。どうか、よろしくお願いいたします』

——みんな聞き入っていたし、カナちゃんに至っては感激して号泣していた。

「でも、負けましたね」

「……演説は完璧だったのになぁ」

「部活の部長たちの投票で決まるから、普段の行い、実務が重要なんですよ」

「去年選ばれた桐原は、立派だな」

「……はい。そこは、自負しています。嬉しかったです」

お利口モードながら、桐原は実績を誇り、照れる。

……そうやって胸を張れる桐原のことが、ちょっとうらやましい。

「打ち上げはやったのか？」

「私と同じく、引き継ぎを終えた部長たちとカラオケに行ってきました。既に引退済みの運動部も呼んで、けっこう盛り上がりましたよ」

「それは何より。ちゃんと青春しているようで、安心した」

「……それは、先生として？」

「想像に任せる」

ふふっ、と桐原は笑う。

「失礼しました、先生」

ちゃんと『生徒』します、という意味だろう。頷いて、次の話題へ移る。

「今年は一年間、本当に色々あった——でも、来年は受験だな。保護者面談ではお母さんと話させてもらったが、特に進路の話は聞いていない。今は、ある程度決めたのか？」

桐原の背景を知っているので、プライベートでは訊きづらい。先生と教師でいる空間の方が尋ねやすい質問だった。

「はい。母とは話をしていませんが、父と話して、ある程度は。以前、少しお話ししたと思いますが、父の出身大学を受ける予定です」

そうか。

話が、できたんだな……。

「お節介かもしれないけど、そこへ行きたい、と思った理由……聞かせてもらえないか？」

「それは、単純に父親の話を聞いて、大学に興味が湧いたからです。一般的には、名門と言われる大学で卒業後の選択肢も広がりそうですし――何より、そういう大学なのでとにかく色々な人間が集まっている、という点に興味を惹かれました」

桐原の父親が言うには、大企業を経営する名家の子供はもちろん、神童と呼ばれる天才もいる。スポーツの特待生もいれば、恵まれない環境、人生の中で『どうにかこの状況を抜け出したい』と思って、必死に勉強して入学する学生もいるらしい。

それを指導する傍ら、自分の研究に没頭する教授陣も優秀だし、一癖も二癖もある曲者揃いなのだとか。

「私は、家族としては父を尊敬していません。信用ならないし、嫌悪もしています」

それは、そうだろう。

桐原は、家の不仲の発端は父親の不倫にあると考えている。

それが母親を歪めて、そのせいで自分は放っておかれるようになった、と感じていた。

父親を敵視するのも、無理はない。

「けど、仕事人としての父には、一目置くべきではないか――生徒会の活動を経て、そう思うようにもなりました。……あの仕事を続けられるのは、手腕がないとできないはずですから。その父が、自分の下地は大学内での経験にあると言っていたんです。私自身、最近、新しいひとと出会って、価値観も変わりました」

ユズのことだな。

「私は、これからも色々なひとたちと出会って、話をして、自分の世界を広げてみたい。父に言われたからじゃなくて、自分でそう決めたから、そこへ向かうんです」

「………」

「いけませんか？」

「いや、いいと思う。それだけしっかり考えられているなら、何も言うことはない」

家の中にも、新しい出会いにも目を向けるようになった桐原は、これからどんどん成長するだろう。俺も置いていかれないようにしないと、一緒にはいられなくなるかもな。

「良い出会いの一番は、羽島先生でしたからね」

「そう言ってもらえると、少し自信になるな。ありがとう」

「こちらこそ、ありがとうございました」

桐原は座ったまま、丁寧に頭を下げる。顔を上げると、桐原は眼鏡を外して微笑んだ。

「色々な世界を、見てくるね」

先生と生徒は、ここまでだな。

「そうしてくれ。俺は望んでもらえる限り、ずっと待ってる」

「じゃあ、安心だね」

「……以上で、面談は終わりだ」

「他に、銀から聞きたいことは？」

「真面目な話題だと、特にないぞ。進路のことがすごく気になっていたけど、もう訊けたからなぁ」

「じゃあ、ちょっと話、聞いてよ。こないだ、柚香さんがまたゲームを買ってきて——」

桐原は、最近の生活ぶりを話し続ける。

下校時刻の放送が響くまで、ゆっくり耳を傾けた。

桐原が充実した日常が送れている状況が、とても嬉しい。

## 5．二人の秘密：バレたら終わる。

今年の春は、とても暖かい。

桜の開花宣言は例年より早かったし、実際、外を歩くひとたちの姿からはコートが早々に消えて、薄手のジャケットを羽織る様子が増えていた。

生徒たちは冬服から春服に変わって気持ちが良さそうだったが、時折強く、春一番が吹いたときだけは、寒そうだった。

桜が卒業式まで持つか心配だったけど、どうにか残ってくれた。

おかげで、昨日行われた卒業式では、桜の木の下は大人気。

記念撮影をする卒業生と保護者で盛り上がっていた。

在校生代表で送辞を読んだ桐原は、同級生よりも卒業生たちから人気だったらしく、しょっちゅう声を掛けられていた。

卒業生たちは巣立っていったが、在校生はもう一日、日程が残っている。

卒業式の翌日は、修了式だ。

俺の生徒たちはまだ二年生だから、特別な日というわけではない。

だけど、俺にとっては、そうじゃない。

今日は教師一年生、最後の日になる。

体育館で行われた修了式を終えると、生徒たちは教室に戻り、席に着いた。

これから、最後のホームルームを行う。

教壇に立つと、みんなの顔がよく見えた。

「……この顔ぶれを見渡すのも、今日が最後だな」

自然と、そんな呟きが漏れた。

ちょっとクサかったかな、と思ったが、茶化す生徒は誰もいなかった。

それどころか、ひとり、涙ぐむ生徒がいた。

「……あー、小林。大丈夫か？」

心配し過ぎず、肩入れし過ぎず。そんな口調と態度を意識しながら、そっと声を掛けた。

「ごめんなさい……」

小林はどうにか謝ったけど、泣き止むことはできない。

「今までの人生で、このクラスが一番、楽しかったから……悲しくて……」

隣の席の女子が肩を撫でて、慰めている。

「そうだな。先生も楽しかったよ。……ただ、一年間ずぅっと、毎日楽しかったかと言えば、そうではなかったなぁ」

小林の気持ちを少しでも和らげたくて、ちょっとおどけた調子で本音を口にする。

「赴任直後、この教室に入るまでは不安で仕方なかった。最初の三日、みんなが素直に言うことを聞いてくれたおかげで、少し気持ちを持ち直した。でも、すぐに行き詰まった。みんながどう感じていたかはわからないけど、うまくやれていない自覚があるのがつらくて、学校に来るのが億劫だったときもあったな。それが、少し落ち着いたのは——二学期の初めくらいから、だったたか」

うんうん、と数人の生徒が頷いた。

「先生、夏に童貞捨てたみたいな顔してたぜ」

「うわっ男子……表現最低。引くわ」

笑いが起こり、空気が少し緩む。

話をするには、いい状態だ。

「色々と心境の変化があったのは認める。一番意識したのは、うまくいかなかったことを引きずらない、『嫌われるかも』と怖がるのをやめる、だったな。そのとき、ようやくみんなと教師として、人間として、ひとりひとりと向き合えるようになった感触があった。小さいころからたくさんのひとに勉強を教えてもらったけど、俺にとって、今年一年が一番、身になる学びを得た年だった。みんなは俺にとって、最高の教師だったよ。ありがとう」

おぉ～……と少し感嘆が漏れた。

「クラス替えで、このクラスはなくなる。俺も担任ではなくなる。だけど、来年も授業で会うから、完全にはお別れではない。俺に対して個別に相談がある奴は、いつでも頼ってほしい。……とまぁ、俺からの話は、この程度だな。最後だから、みんなが俺へ質問でもしてみるか？答えられる範囲で答えるぞ」

特になければ、そのまま解散して終わりにしようと思ったけど、生徒たち数人が手を挙げてくれた。女子が多い。

「地方の出って言ってたけど、どの辺り出身ー？」

「北陸の方だ。冬は雪かきがつらかった」

「あ～、だから肌、綺麗なのかー。納得っ！」

「次、私！　あまり訛ってないのはどうしてですかー？」

「小さいころからのクセだ。大人に対しては必ず敬語っぽいもので話す、変わった子だったらしい。そうなった理由は、特に思い当たらない」

「はいはーい。料理って、どこで習ったんですかー？」

「大学時代、個人経営の居酒屋でバイトをしていて、そこで色々と教わった」

「得意料理はっ⁉」

「…………パッと思い浮かばないが、強いて言えば、だし巻き卵？」

「なんかウケる」

「休みの日はどんな格好してるー？」

「派手な格好は避けている。地味だ」

視界の端で、桐原がくすりと笑う。

今年に関しては、休みは変装してばっかりだった。

嘘ひとつだ。

悪い、みんな。

「休みの日は何してんのー？」

「ひたすら寝るか、少し勉強をしている。主に教育論まわりだな」

「先生の中だと、誰が一番仲いいー？」

「暮井先生だな。同じ教科の担当だし、お世話になった回数は一番多かった」

やっぱりなー、という声が男女問わず上がる。

ついでに、ぎろっ、と少し男子に睨まれた気もした。

暮井さん、人気だな……。

「先生になる前の仕事ってなんだったのー？」

「会社員だ。ギリギリまでやめるのをためらったけど、どうしても合わなかった。今では、よかったと思っている」

そう思えたのは、みんなの、桐原のおかげだ。

先生に向いている、と言ってもらえて、本当によかった。

「オレオレ、先生、俺。質問」

お調子者の筆頭、東が手を挙げる。

「なんだ、オレオレ詐欺師」

「へへっ、そんなふうに強く出られるのも今だけだぜ。みんな、ぬるい質問ばっかりしやがってよぉー。俺は一気に切り込むぜ。……文化祭のとき、バスケ部の前で美人とイチャついていたって話だったけど、彼女か？　彼女だったんか⁉」

げ、と内心うろたえる。

「それ、噂じゃないん？」

「バスケ部のダチが見てたらしいからな！　マージで美人だったらしい」

マジかマジか、と興味の視線がこっちに向く。

……だめだ、逃げられそうにない。

「話したのは事実だし、友人だけど、彼女ではない」

「向こうはどう思ってんの？」

「……機会があったら、本人に訊いてみてくれ。俺からは答えられない」

「あ、卑怯者！　ごまかしたな⁉　なんでも答えるんじゃなかったのかよ！」

「そんなことは言ってない。答えられる範囲で答える、と言ったはずだ」

「……騙されなかったか。ちぇー」

東は引き際をわきまえていた。

……質問も、今ので終わりのようだ。

最後がバカ話で締まるのは、明るいこのクラスらしいかもしれない。

これはこれで、幸せなことだ。

「何もなければ、これで解散だ。みんな——」

「先生、ちょっと」

一年間、女子をまとめ続けていた笠原が手を挙げる。

次いで、笠原は鞄から本のようなものを取り出した。

同時に、東も立ち上がる。まったく厚みのないビニール袋を手に、笠原と一緒に教壇へ歩み寄ってくる。

近くへ来た笠原は、悪戯をごまかすように照れ笑いをしてきた。

「色々と、面倒くさいクラスだったでしょー。ごめんねー。お詫びも兼ねて、これ、私たち、クラス全員から」

笠原が差し出した本を受け取る。

表紙も、裏表紙も硬い。

この感触には覚えがある。

最近、結婚式場で、見本に触れたから。

「……アルバムか？」

にまっ、と笠原が笑う。

「中、開いてみてよ」

言われるまま、中身を確認する。

最初のページは、プレ文化祭……保護者説明会の日、模擬店が終わったあとに生徒たちと記念に撮った写真がいくつか並んでいる。ページの余白に、軽くコメントも入っていた。

その次は、文化祭。執事長に扮してメイド喫茶を一緒に切り盛りしている瞬間を切り抜いた写真だ。保護者説明会のときの写真よりも、枚数が多い。

そして、中盤からは修学旅行の写真がずらりと並んでいる。

東が、気まずそうに謝ってくる。

「バランス悪いのだけは、勘弁してくれよな。先生が教師一年生の思い出に写真を撮る、って言ってたのが修学旅行だったろ？　あれ聞いて、みんながわりと先生と撮ってたから、修学旅行の写真は多かったんだよ」

「で、この間、教師一年生を卒業する先生にアルバムを作ろうよ、って話が出たの。急いでみんなが撮った写真をかき集めて、お金を出し合って、写真屋さんに持ち込んだってわけ」

「いま流行りのクラファンだな！」

「みんな気前よく出してくれたから、けっこういいの作れてよかったわー」

「そうか……」

東と笠原の説明を聞きながら、アルバムをめくる手が止まらない。

「あと、これもな」

東から、厚みのないビニール袋も渡される。

「ベタだけど、みんなの寄せ書き」


『羽島先生へ。一年生、お疲れ様！』


その周りに、小さな字でメッセージが書き込まれている。

たぶん、全員分、あるんだろう。

「……ありがとう。先生の、宝物だ」

胸が詰まっている中、どうにか言葉を絞り出せた。

「どういたしましてーっ」

笠原は明るく声を張ったが、東は「ん〜〜っ⁉」と不満そうだ。

「なんだよ先生、泣かないのかよ。感極まって泣きまくるか、いきなり俺たちを抱き締めてくるのを予想してたんだけど」

「ばか。感謝の気持ちに対して、なんてもんを期待してんのよ」

「え〜、だってさぁあ〜」

「こらこら、しょうもないことで言い合うな。……泣いてはいないけど、とても感動している。

今日は、とても良い日だ。一年生の終わりに相応しい。それじゃあ、だめか？」

「や、だめってことはねぇよ。でもなぁ〜、泣かなかったかー。泣くと思ったんだけどな〜」

その後、全員に挨拶をして、クラスはホームルームと共に解散になった。


……職員室に戻って、席に着く。

もう一度、プレゼントされたアルバムと色紙を見た。

どうにかこらえていた涙が再び込み上げて、そっと指ではらう。

あとからあとから湧いてくるものだから、同じ動作を繰り返す。

「……羽島先生？　どうしたの？」

戻ってきた暮井さんが異変に気付いて、声を掛けてきた。

振り返った俺の手元を見て、暮井さんは状況を察したらしい。

……優しく、微笑んでくれた。

「生徒たちから？」

「……はい」

「見せてもらってもいい？」

俺が黙って差し出すと、暮井さんは両手で丁寧に受け取る。

アルバムと色紙を見る表情は、とても穏やかだった。

「いま、どんな気分？」

「……最高です」

「そうよね。これは教師の勲章よ。誰もが手に入れられるものではないわ。羽島先生が一年がんばったから、手にした贈り物……素晴らしいわ」

懐かしい、と暮井さんが小さく呟いた。

「暮井先生も、生徒たちから？」

「数人からメッセージカードをね。教師一年目、羽島先生と同じタイミングに」

暮井先生は机の引き出しを開き、奥から箱を取り出す。

中身も見せてくれた。

封筒やメッセージカードが重なっている。

「あなたにはえらそうなことを言っているけど、私の一年目は、とても褒められる内容ではなかった。ナメられたし、生徒は修学旅行で停学になるし、叱り過ぎて保護者からクレームを受けた。……でも、一部の子とは相性が良くて、手紙を貰えたの。先生の話が好きだった。勇気付けられた。そんなふうに言ってもらえるなんて思ってなかったから、本当に嬉しかった。価値観が変わった瞬間よ。……それまでは、生徒たちの未熟さとどう付き合うか、っていう自分本位の考えしか持たない人間だったのよね。生徒たちのメッセージは、気性が荒くて意地悪な私が、せめてみんなの前では、上辺だけでも頼り甲斐のあるお利口な人間でいようって決めたきっかけなの」

ああ、そういえば、と暮井さんは何かを思い出す。

「羽島先生、春頃に言っていたわよね。教師は不思議な仕事。たとえ新人でも、一日目でも、生徒たちの前では先生になる、って。あれ、言い換えると、私たちは生徒たちの手によって、教師になるってことじゃないかしら」

「……俺は、生徒たちに育ててもらえましたね。もちろん、暮井先生にも。ありがとうございました」

「私は、何も。……元気を貰えたわ。来年も、よろしくね」

暮井さんから色紙とアルバムを受け取る。

……たとえば、明日死ぬとしたら、俺は今日の出来事を思い浮かべるだろう。

今日、受け取ったアルバムと色紙を思い返すだろう。

そんなふうに思えるモノを、人生で初めて手にすることができた。

これを授けてくれた人間に、お礼を伝えないといけない。

仕事を終えて自宅へ着いたあと、桐原に電話をしていいか、メッセージを送った。

返事の代わりにコールが来て、挨拶を交わす。

すぐに本題に入った。

「アルバムと色紙、クラスで作ろうって呼び掛けてくれたのは、桐原だな？」

……えへへ、と桐原は照れ笑いする。

『わかっちゃった？』

「なんとなく、そんな気がしたんだ」

『呼び掛けたのは私だけど、それだけだよ。最初は色紙だけの予定が、東くんが銀を泣かせるぞってノリノリで賛成して、笠原さんがすぐにアルバムのアイディアを出して、値段も調べてくれて——お金は、本当にすぐに集まった。……銀の成果なんだよ。だから、自信を持ってね』

「あぁ……」

桐原の気遣いが心に染み入る。

「あの——」

言いかけて、ためらった。

『どうしたの？』

「いや……」

すぐに思い直す。

気持ちは、ちゃんと伝えるべきだ。

「桐原は、いつも俺の一番欲しいものをくれるんだな、と思った」

電話の向こうで、息を呑む気配がした。

「ありがとう」

『ううんっ……あのね、それは、銀も同じだからね？　私に、たくさん、欲しいモノをくれる。だから、大好きだよ、銀』

「俺もだ。これからもよろしくな」

『うんっ！』

直接会っているときに話をしようか悩んだけど、やはり、電話にしてよかった。

目の前にいたら、たぶん、今日は、我慢できなかっただろう。

『……あのさ、今、なんかこう……目の前にいたら……って感じするの、私だけ？』

「あ〜、いや……同じ心境だ」

『だよねぇ……うぁあ〜っ！　早く卒業したいっ！』

「だな」

『でも、がまん……がまんっ！』

卒業まで、あと一年。それまでは……な。

***

高校生の春休みは短い。

教師生活二年生の日は、すぐに始まった。

***

夕暮れの茜色が、校舎の廊下も染めている。

窓から見える校庭も鮮やかな色に照らされて、活動をしている運動部の生徒たちはその光を受けて、長めの影を作っていた。

季節が巡るのは早いもので、新学期が始まってからもう二ヶ月が経過している。

その間に、新年度のクラス、俺の担当はもちろん決まっていた。

俺は去年に続き、二年生を受け持っている。

三年生の桐原とは、残念ながら離れてしまった。

授業のときや移動時にすれ違うことはあるけど、学校での接点は減っている。とはいえ、完全に顔を合わせないわけではない。

今も、受験対策の特別補講で会ってきたばかりだ。

毎日電話もしているから、それほど影響は感じていない。

幸いなことに、今のところは秘密がバレる様子もなく、上手い具合に時間が進んでいる。

この調子でいけば、あと九ヶ月――どうにか過ごせるだろう。

……そう、信じたい。

職員室に戻ると、先生たちが集まり、にわかにざわついていた。

「どうしたんですか？」

尋ねると、みんなは興奮気味に答えてくれた。

「この間の、全国模試の結果が届いたんですが――桐原ですよ、桐原」

「我が校始まって以来の好成績です」

「大したもんですなぁ……」

点数と順位を確認して、驚いた。

全国模試の一桁順位なんて、初めて見たぞ。

最近は塾にも通っているらしいけど、さっそく成果が出ているようだ。

……その反動がまったくないわけではないのが、少々困りどころなんだけどな。

「あ、あのぅ、失礼します～……羽島先生、いらっしゃいますか……？」

盛り上がる職員室に、おずおずとした様子で生徒が入ってきた。

女子生徒だ。それも、見覚えのある顔。

生徒会の川相カナ。通称『カナちゃん』だ。

俺を見つけると、パッと表情が明るくなった。

「あのっ、ごめんなさい。生徒会室の鍵がほしくて！」

「わかった。立ち会う」

生徒が鍵を借りるときは、教師の立ち合いが必要だ。

手続きをしている最中、川相は申し訳なさそうにおねだりを追加してくる。

「あと、できれば、付き添いをですね……」

「……またか」

川相は現在、生徒会で会計を務めている。

桐原の代は、最初は会計を務めていた人物が家庭事情のせいで続けられなくなり、途中から桐原が会長と兼任していた。

聞くところによると、桐原が生徒会で忙しくしていたのは、会長の仕事よりも会計処理の影響だったらしい。

それを引き継いだ川相も当然、忙しくなる。

帳簿の確認、記入処理等で生徒会室へひとりで入らなければいけないことも多いのだが
――桐原の嘘怪談を信じてしまっている川相にとって、これは非常にハードルが高い。

要するに、お化けが怖くて、生徒会室にひとりで入れなくなってしまったのだ。

「だ、だって〜っ！」

「はいはい……」

頼られた俺は、仕方なく川相に付き合う。

何を隠そう、今の川相は、俺の受け持ちだ。

その縁があって、以前よりも親しみを持って接してくる。

桐原のような完璧な生徒ではないしポカもするけど、生来の愛嬌のせいか、人望も厚い。

クラスでもまとめ役のようなポジションを担ってくれるので、こちらも助かっている。

あまり無下にするのはかわいそうだし、何より、生徒会室にひとりで入れなくなったのは、桐原の嘘が原因——ひいては、俺のせいだ。

俺と桐原が生徒会室で密会をしていなければ、こんなことにはなっていない。

その罪滅ぼしのために、可能なときは、なるべく付き添うようになっていた。

「ありがとうございます〜。や、ほんと、助かりますっ！」

安心できたのか。生徒会室までの道中、廊下を歩く川相はご機嫌だ。

一緒に生徒会室へ入り、川相の用事が終わるまでぼーっと待つ。

「すぐに済みますから〜！」

パソコンを起ち上げたあとは、ずだだだだだだ、とすさまじい勢いでテンキーを使い、数字を打ち込んでいく。

「はいっ、終わりましたっ！」

「……相変わらず、仕事が早いな」

「えへへ〜っ。もっと褒めてくれてもいいんですよー。私は褒められて伸びる子ですから！　カナの取り扱い説明書、ちゃんと覚えておいてくださいね！」

「それ、前は社外秘、部外秘だって言ってなかったか？」

「好きなひとには公開していいんですー。……あっ」

しまった、口が滑った、と言いたげに川相が口をおさえて、下を向く。

「はいはい。もう終わったんだろ。外、行くぞ」

「あっ、はい……」

相手にせず、生徒会から外へ出る。結局のところ、こういう態度が一番効くんだ。

「鍵は俺が返しておくぞ」

「……お、お願いしまーすっ！」

明るく言った川相は、鍵を渡してくる。

「そ、それじゃあ、帰りますね！　また明日です！」

「はい。また明日。気を付けて帰れよ」

川相は頷き、走り去っていく。

どことなく、ユズみたいな奴だなぁ……あいつを見るたび、いつもそう思う。

さて、職員室に戻って仕事の続き——と思っていたのだが、その前に苦難が訪れた。

「……ずいぶん、生徒と仲がいいんですね、先生」

ぎくっとしつつ、聞き覚えのある声がした方へ振り返る。

眼鏡を掛けた我が学園イチの秀才・桐原灯佳がニッコリ笑って立っていた。

「生徒会室で逢引きですか、先生」

「馬鹿言うな。前、少し話しただろ。お化け対策の魔除けになっただけだ」

「そうですかー、ふーん、ほー」

桐原は追及の手を緩めない。

周りにひとがいないことを確認してから、一歩近寄る。

「……本当に、やましいことは何もしてない。信じてくれ」

「いや、別に、そっちには、怒ってないよ？　ただねー、カナちゃんに対してはねー、なんかねー、もうねーっ……？」

何故かわからないが、桐原は川相と俺の距離が近いとむちゃくちゃ不機嫌になる。

年齢が近いせいなのか、単に性格の相性が悪いのか……。

前に少し探ったときは「泥棒猫の気配がするんだよねぇ」とドスの利いた声色で喋っていた。

「あー……それより、模試の結果、聞いたぞ。すごいじゃないか」

「……あぁ、そう？」

「あぁ。大したもんだ。みんな褒めてたし、俺も、あんな順位初めて見たぞ」

「えらいと思ってる？」

「うん」

「誇らしい？」

「そりゃあ、もう」

……だったらさ、と桐原が声を潜めて、告げてくる。

「悪い遊び——ちょっと付き合ってくれる？」

「……それ、密会のお誘いか？」

「まさか。それはしないよ。もうやめるって、約束したもん。だけど、夜に、電話したい」

桐原は続ける。

「玩具使ってひとりでシてるとこ——また、聞いてほしい」

……最近の桐原の、勉強で溜め込んだストレスのはけ口だ。

俺とひっつきたくてもひっつけないので、いつしかこういう形になった。

お利口さんを続けていると悪いことをしたくなる桐原の性分は、今も健在だった。

俺との密会がなくなってから、少しずつエスカレートしているような気もする。

「だめ？」

「だめって言っても、我慢できないんだろ？」

「……まぁね。ごめんね、エッチで、悪い子で」

「いいよ。俺にも責任はある」

俺はバツが悪いが、桐原はくすっと悪そうな顔で微笑む。

「ありがと、先生。……だから、大好き」

周りに言えないことをしているのは、重々承知だ。

俺と桐原の関係は相変わらず――バレたら終わる。

# あとがき

お世話になっております。扇風気周です。（相変わらず、全ての書き出しをこれで済ませようとするひと）

『教え子とキスをする。バレたら終わる。』の三巻でした。

一巻、二巻、共に海外ドラマの引きを見習って「どうなるんだ!?」の場面で意図的に切っていましたが、今回はキリ良く締まりました！

何かミラクルが起こり、よほど状況が変わらない限りは、今回でいったん区切りとなります。

ニートを脱しなければいけないのに、仕事したくない病に掛かってしまったユズがゲームの世界へ転生、悪役令嬢の役を与えられたはずが予定外に家を追い出された先で勇者と出会い、仲間にしてもらえそうだと思ったら「なんだこいつ職業ニートか」と呆れられ笑われ捨てられた後、なんやかんやあって賢者になって見返す展開を書く予定だったのですが、編集さんから没が出て――というのは嘘です。

銀と灯佳が揃って大人になるきっかけを掴む予定通りの展開だったので、ちょうどよいところかなと思います！

三冊も書けたのは、ひとえに応援してくださった皆様のおかげでございます！

本当にありがとうございました！

順調にいけば、新作もあまり時間をかけずにお届けできそうな気配が漂っているので『扇風気周』の名前を見かけましたら、ぜひまたよろしくお願いいたしますー。

語呂がよくて覚えやすいせいか、面識のない方にも「聞いたことある……」と言われて、ちょっと戸惑うこともあるペンネームですが、とても気に入っております。


最後に、謝辞をいくつか！

色々と支えてくださった担当編集の近藤さん、井澤さん！　ありがとうございました！

次回作でも引き続き、よろしくお願いいたします！

イラスト担当のこむぴさん！　いつも素敵なイラストをありがとうございました！　女の子が可愛く、銀はかっこよく！　毎回、楽しみにしておりました！　感謝です！　今後も絵の更新、楽しみにしております！

コトノハさんも、いつも通り、色々とありがとうございます！

繰り返しになりますが、読者の皆さまもありがとうございました！

またお会いできるよう、がんばります。


皆さまにどうか、良い風が吹きますように。

## 本書に対するご意見、ご感想をお寄せください。

ファンレターあて先
〒102-8177　東京都千代田区富士見2-13-3
電撃文庫編集部
「扇風気 周先生」係
「こむぴ先生」係



本書は書き下ろしです。

電撃文庫

# 教え子とキスをする。バレたら終わる。3

扇風気 周

2024年7月10日　初版発行

発行者　山下直久
発行　株式会社KADOKAWA
〒102-8177　東京都千代田区富士見2-13-3
0570-002-301（ナビダイヤル）
装丁者　荻窪裕司（META＋MANIERA）
印刷　株式会社暁印刷
製本　株式会社暁印刷

●お問い合わせ
https://www.kadokawa.co.jp/（「お問い合わせ」へお進みください）
※内容によっては、お答えできない場合があります。
※サポートは日本国内のみとさせていただきます。
※ Japanese text only

※定価はカバーに表示してあります。

ISBN978-4-04-915857-1　C0193　Printed in Japan

電撃文庫　https://dengekibunko.jp/